# 红花集

巴金译文集

[俄]迦尔洵 著

巴金 译

浙江出版联合集团
浙江文艺出版社

迦尔洵(1855—1888)像(列宾绘)

一隻人的手抓住了它,迎着火車高高地舉起來。(見第51面)

蘇聯 u·洛斯托夫柴夫木刻

《信号》插图

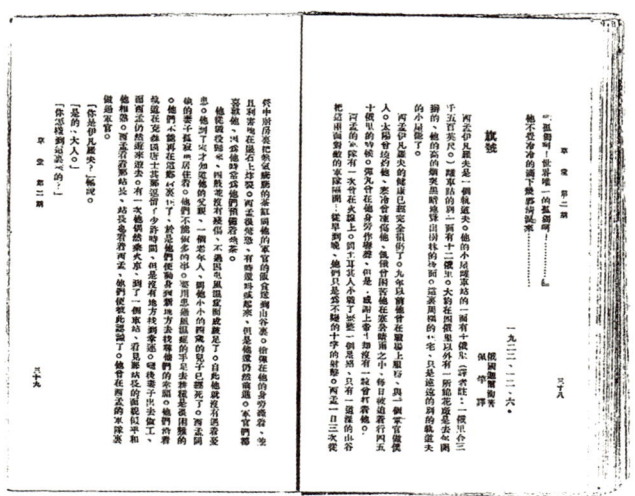

1923年巴金发表译文《旗号》,这是目前所见他最早的一篇译作

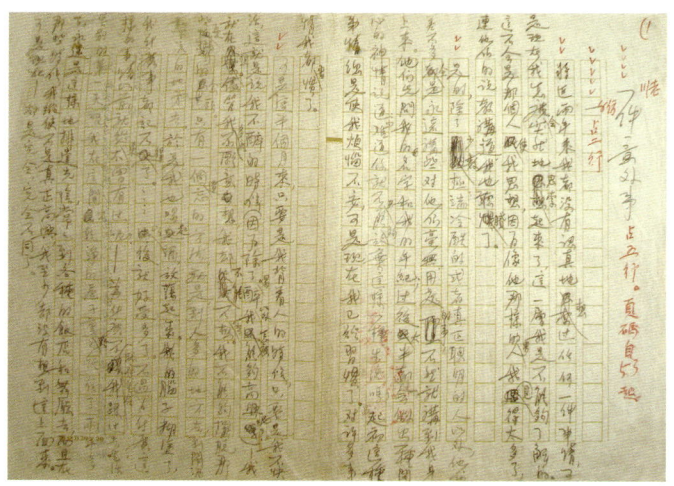

巴金《一件意外事》译稿

《红花集》部分中译本书影

## 出版说明

在星光璀璨的俄罗斯文学史中,迦尔洵算不上一位伟大的作家,他创作时间短,留下的作品少,然而,他却是一位风格独特、给人留下深刻印象的作家。屠格涅夫、托尔斯泰、契诃夫等人对他都推崇有加。屠格涅夫在一八八〇年六月十四日致迦尔洵的信中写道:"从您登上文坛的第一天起,我便注视着您——一位不容置疑的、独具一格的、有才气的人。我留心您的创作活动,您的近作《战争与人》(遗憾的是未见续篇)照我看来,使您最终在开始写作的青年作家中确立了首屈一指的地位。这一看法列夫·托尔斯泰伯爵也是赞同的……"鲁迅称他为"以一身来担人间苦的小说家",认为作品中的"博爱和人道""非战与自我牺牲"的思想值得关注。

巴金一九二二年就曾翻译过迦尔洵的《信号》,他说:"三十年后(即五十年代初)我以同样激动的心情第二次翻译它。我爱它超过爱自己的作品。我在那里找到自己的思想。它是我的老师,我译出的作品都是我的老师,我翻译首先是为学习。""那么翻译《信号》就是学习人道主义吧。我这一生很难摆脱迦尔洵的影响,我经常想起他写小说写到一半忽然埋头痛哭的事,我也常常在写作中和人物一同哭笑。"

《红花集》收录了《红花》《一件意外事》及《癞虾蟆和玫瑰花》三个短篇小说集,它们分别于一九五〇年十一月、一九五一年三月及一九五二年一月由上海出版公司初版。

本书根据巴金生前亲自校订的最后版本排印,用词、标点等均保持此版本原貌。

巴金故居

二〇一八年十一月

# 目　次

001　红花

035　信号

057　一件意外事

095　军官和勤务兵

127　癞虾蟆和玫瑰花

143　阿塔勒亚·卜林塞卜斯

161 并没有的事

173 旅行的蛙

185 **译后记**
187 一 《红花》
189 二 《一件意外事》
192 三 《癞虾蟆和玫瑰花》

199 **附录**
201 《巴金译文全集》第六卷代跋(节选)

红花

纪念伊凡·谢尔盖耶维奇·屠格涅夫

一

"我代表彼得一世皇帝陛下宣布视察本疯人院！"

这句话是用刺耳的、响亮的大声说出来的。病院的抄写员坐在一张有墨水迹印的桌子前面，在一本破旧的大簿子上登记病人的姓名，他忍不住微微一笑。可是那两个护送病人的年轻人却没有笑容：他们刚刚把疯人从铁路上带到这里，他们同他一块儿过了整整两个昼夜，他们的腿快要站不稳了。在他们到达以前的最后一个车站上，疯人的病发作得更厉害了；他们居然在什么地方弄到了一件给疯人穿的紧衣，又请了几个列车员和一个警察来帮忙，把紧衣给病人穿上。

他们就这样把他带到城里，又这样送他到病院来了。

他的样子很可怕。他的灰色衣服在发病的时候给撕成了破片，现在套上一件领口很低的粗帆布紧衣，贴身地裹住了他的身体；两只长长的袖子给绕到背后绑牢了，使他两只胳膊交叉地紧紧贴在胸口上。他那对睁得圆圆的红肿的眼睛（他整整十天不曾睡觉）冒出来呆滞的、强烈的光芒；神经性的痉挛使他的下嘴唇一直在哆嗦；他一头乱蓬蓬的鬈发像鬃毛似地垂在前额上。他迈着快速的、沉重的脚步，在办公室里从一个角落到另一个角落走来走去，一面用探询的眼光望那些放文件的旧橱架和漆布面的椅子，偶尔还看看那两个同他一路来的旅伴。

"带他到病房去。往右走。"

"我知道，知道。我去年跟你们一块儿到这儿来过。我们来视察病院。我全知道，要骗我可不容易，"病人说。

他向着门掉转身去。看守给他把门打开了；他高高地抬起头迈着同样快速、沉重而坚决的步子，离开了办公室，差不多跑着向右边、向精神病人的病室走去。两个护送他的人差一点赶不上他。

"按铃！我没法按。你们绑住了我的手。"

看门人打开了门，这一行人进了病院。

这是一所老式政府机关的石头建筑物。有两间大厅，一间作饭厅，另一间是安静的病人住的大病房；一条宽的走廊上有一扇玻璃门通到花园。下面的一层有二十间左右的单人病房。这里还有两间阴暗的房间，一间蒙着褥垫，另一间装上一层木板，它们是用来关狂暴的病人的。还有一间幽暗的圆顶大房间，是作浴室的。上面一层住的是女病人。从那里传来一片乱哄哄的闹声，里面还夹杂得有悲惨的叫声和哭号。这所病院的房屋设备只能容纳八十个病人，可是邻近几省就只有这么一个精神病病院，因此它不得不收留了三百个病人。每间很小的屋子里面要放四五张病床。冬天，不许病人到花园里去，又把所有的铁格子窗全紧紧关上，整个病室气闷得叫人实在受不了。

新病人让人带到有澡盆的屋子里去。连健康的人走进这个房间也会感到难受,对于一个精神错乱、心情紧张的病人,痛苦的印象一定更加强烈。这是一个圆顶的大房间,石头地板粘搭搭的,只有一扇开在角落里的小窗送进来一线亮光。墙壁和拱形天花板都漆成了深红色;石头地板脏得变成黑色了,两个石头澡盆就嵌在地板中间,跟地板一样齐,好像是两个装满了水的椭圆形水坑。一个大的铜炉子上面装了一个烧水用的筒式锅炉,整套的铜水管和水龙头把小窗对面的角落填满了。在精神错乱的人看来,整个地方都显得特别阴沉、古怪;管理浴室的看守是个肥胖的、不爱讲话的霍霍尔[①],他那阴沉的面孔使这里显得更加阴沉、古怪了。

人们把病人带进这间可怕的屋子来洗澡,并且依照病院主任医师的治疗方法在他的后脑勺上贴了一大块膏药,这时他感到了恐怖,突然动怒了。种种荒唐的思想都挤到他的脑子里来了,一个比一个更加古怪。这是什么?是宗教裁判所吗?是他的敌人决定要弄死

---

① 霍霍尔:旧俄时代人们对乌克兰人的另一个称呼。

他的秘密行刑所吗?也许这就是地狱罢?最后他断定这是一种审问。不管他怎样拚命抵抗,他们终于脱去了他的衣服。他用他那种由于疯狂而增加了一倍的力气并不困难地挣脱了那几个看守的抱持,反倒将他们摔倒在地上;但是后来那四个人也把他制服了,他们捉住他的胳膊,拿住他的腿,把他放到热水里去。他以为这是沸水,在他的错乱的脑子里又起了种种不连贯的思想,都是和用煮沸的水、烧红的铁来审案的事情有关的。他给水憋得透不过气,痉挛地挣扎着,想把他那让看守们捉住的手脚抽出来,喘着气,一面大声喊出一些不连贯的话,没有实地听见过这些话的人绝不能够想象出它们来。他时而祷告,时而咒骂。他拚命地这样叫着,一直叫到他把力气用光,最后他才静了下来,带着满眼的热泪,喃喃地说出一些跟先前的叫骂毫无关联的断句:

"神圣的伟大殉教者圣乔治啊!我现在把我的身体交到您的手里。可是灵魂呢,——不,绝不!……"

他虽然已经安静了,看守们却仍旧捉住他。热水澡和放在他头上的冰袋见了效。可是,等到他们把他(他差不多失了知觉)从水里抬出来,放在一张长凳上,准备给他贴膏药的时候,他的力气和疯狂的思想又恢复了。

"为什么?为什么?"他嚷道。"我从来不想害人。为什么要杀死我呢?啊—啊—啊!主啊!啊,你们在我之前殉教的人!我求你们,救救我罢……"

后脑勺上膏药的灼热又使他拚命地挣扎。看守人对付不了他,不知道要怎么办才好。

"一点儿也没有办法,"那个贴膏药的兵说。"我们得拿掉。"

这句简单的话使得病人战栗。"拿掉!……拿掉什么?拿掉谁?我!"他想道,带着极大的恐怖闭上了眼睛。那个兵拿着一块粗毛巾的两头用力按紧,很快地一下子擦过病人的后脑勺,把膏药拉了下来,同时还拉下一层皮,留着一块露肉的红伤痕。这个动作所造成的痛苦是一个沉着的、健康的人所忍受不了的,然而对于这个病人却是整个事情的收场。他整个身体拚命地乱动，挣脱了看守们的手，他的赤裸的身体在石板地上滚动起来。他以为他们已经砍掉了他的脑袋。他想大声叫，可是他叫不出来。他失去了知觉，被看守们抬到床上去，这种没有知觉的状态接着就变成了死一般的沉睡。

二

他在夜里醒来。四周很静；听得见隔壁大病房里病人们重浊的鼾声。远远地从什么地方送来一个病人的谈话声，这个病人给关在黑屋子里过夜，现在正用一种单调的、古怪的声音对自己讲话；上面一层女病房里有人用嘶哑的女低音唱下流歌曲。病人注意地倾听着这些声音。他觉得整个肢体都是可怕地软弱、疲乏；他的脖子痛得厉害。

"我在什么地方？我出了什么事情？"他想道。突然间最近一个月的生活非常清楚地在他的脑子里出现了，他明白自己生了病，而且生的是什么样的病。他记起了一连串荒唐的思想、话语和行动，这一切使他整个身心颤抖起来。

"不过这已经结束了；感谢上帝，这已经结束了！"他呐呐地说，随后又睡着了。

一扇有铁栅栏的窗户开着，窗外是一个夹在高大楼房和石头围墙中间的小角落；从来不曾有人到过这个地方，这里长满了野生灌木和一株盛开的丁香。……灌木后面，正对着窗户，耸起了一堵高墙；大花园中高高的树梢从墙内露出，月光照着树梢，而且穿过枝叶照映过来。右面是病院的白色楼房，铁格子窗开在墙上，从窗内透出来灯光；左面是停尸房的没有窗户的墙壁，现在让月光照得又白又亮。月光穿过窗上的铁栅栏射进屋子里来，照在地上，还照亮了床的一部分，照出病人那张双眼紧闭的憔悴、苍白的脸；现在他一点儿也不疯狂了。这是一个疲乏不堪的人的深沉的睡眠，没有梦，静静地一动也不动，而且几乎连呼吸声也听不见。过了一会儿，他醒来了，脑子非常清楚，好像是一个健康的人，只有在早晨起身的时候，他又像以前那样精神错乱了。

## 三

"您觉得怎样?"第二天医生问他道。

病人刚刚醒过来,还盖着被子,躺在床上。

"很好!"他答道,便跳下床来,趿起拖鞋,穿上了病人服。"好得很!只有一样:看这儿!"

他指着他的后脑勺。

"我只要转动一下脑袋,它就痛。这也没有关系。要是你明白它,那么一切都很不错;不过我是明白的。"

"您知道您在什么地方吗?"

"大夫,我当然知道!我是在疯人院里面。不过你心里也明白,这反正都是一样。反正都是一样。"

医生牢牢地盯住病人的眼睛。他那张保养得很好的漂亮的脸,他那部梳得很齐整的金色胡须,他那对在金边眼镜后面发光的安静的天蓝色眼睛——他的整个面貌都是不动的,没有表情的。他在观察病人。

"您为什么这样牢牢地盯住我?我灵魂里的东西您是看不出来的,"病人接下去说,"您的思想我可看得很清楚。您为什么要做坏事呢?您为什么弄来这一群不幸的人,把他们关在这儿呢?我倒不在乎这个:我全明白,而且也安静。可是他们呢?为什么要受这些苦呢?一个人,如果自己脑子里有个伟大思想、共同的思想,对他来说,他住在哪儿,他的感觉怎样,他都无所谓。连活不活,他也不在乎。……不是这样吗?"

"大概是的,"医生答道,他在角落里一把椅子上坐下来,这样更便于观察病人;病人趿着宽大的马皮拖鞋,迈着快步子从一个角落走到另一个角落,那件印着红色宽条和大花的棉布病人服的下摆一路上摇来摆去。陪着医生来的助理医生和看守长笔直地立在门口。

"我就有这个思想!"病人大声嚷起来。"我找到这个思想的时候,我觉得我再生了。我的感觉更敏锐了，我的脑子比任何时候都更好用了。我从前要经过长久的推断和思忖才知道的东西，现在我凭直觉就知道了。我实际达到了哲学所产生的结论。我自己体验到了这个伟大的思想——所谓空间和时间都是虚构的。我活在所有的世纪里。我不受空间的限制，我或者在所有的地方，或者什么地方我都不在，随您高兴怎么说。所以您把我关在这儿或者放我出去，我得到自由或者给人绑住，对我都是一样。我发现这儿还有几个同我一样的人。可是对于其他的多数人来说，这种处境就很可怕了。您为什么不放他们走呢？谁需要……"

"您说，"医生打断了他的话，"您活在时间和空间以外。可是您不能不承认我们跟您一块儿在这间屋子里，而且现在是——"医生掏出表来，"一八××年五月六日十点半钟。这您怎样看呢？"

"没有关系。我耽在什么地方，活在什么时候，对我都是一样。既然对我都是一样，那不就是说，我活在所有的地方和所有的时候吗？"

医生笑了笑。

"真是少有的逻辑,"医生说,站了起来。"也许是您说的对。再见。您不想抽支雪茄吗?"

"谢谢您,"他站住,接过雪茄烟,痉挛地咬掉了它的头。"这个会帮助我思考,"他说。"这是个世界,是个小宇宙。一头是碱,另一头是酸。……世界的均衡便是这样:对立的因素互相抵消。大夫,再会!"

医生继续往前走着。大部分病人笔直地站在自己的床前等候他。精神病医师从他的疯人那儿得到的尊敬大大地超过了任何一位首长从他的下属那儿所得到的。

现在没有人来打扰这个病人了,他仍旧一股劲地在他的屋子里走来走去。人家给他端来了茶,他也不坐下,两口就把一大杯茶喝光,并且差不多一下子就把一大块白面包吃完了。然后他走出房去,用他那快速而沉重的脚步从这座大楼的一头走到另一头,接连不断地走了几个钟点。这是雨天,不让病人到花园里去。等到助理医生来找寻这个新病人的时候,别人指点着新病人在走廊的尽头。他站在那里,脸紧紧贴在那扇通花园的玻璃门的玻璃上面,呆呆地望着花坛。一朵异常鲜艳的红花吸引了他的注意,这是一种罂粟花。

"请称一下体重,"助理医生说,轻轻地拍了一下病人的肩头。

病人掉转脸朝着他的时候,他几乎吓得往后退了:在那双疯狂的眼睛里燃烧着一道强烈的憎恶和仇恨的光芒。可是病人看见助理医生,立刻改变了脸部的表情,顺从地跟在他的后面,一句话也不说,好像陷入了沉思似的。他们进了医生的办公室;病人自己站到十进位的小磅秤台上去;助理医生磅过了他的体重,在一本簿子上他的名字下面写上一个数目:一百零九磅。第二天是一百零七磅,第三天是一百零六磅。

"要是照这样继续少下去,他就活不了,"医生说,他吩咐尽可能给病人吃好的饮食。

然而不管这个,不管病人的胃口多么好,病人还是一天一天地瘦下去,助理医生还是一天一天地在簿子上记下来他那逐渐减少的体重。病人几乎完全不睡觉，而且整天活动。

# 四

他明白他是在疯人院里面；他甚至明白他在生病。有时候他好像在第一夜那样，在一整天的剧烈活动以后，会突然在寂静中醒过来，觉得四肢疲痛，脑袋十分沉重，脑子却完全清醒。可能是在夜间的寂静中和微明中缺乏印象的缘故，也可能是一个刚刚醒来的人脑子的活动较弱的缘故，他在这种时候居然清清楚楚地明白他自己的处境，而且仿佛是一个健康人。可是天一亮，给他带来阳光和病院中喧嚣的生活，各种各样的印象又把他包围住了；他那有病的脑子对付不了它们，于是他又发狂了。他的心境是一种合理推断同荒谬想法的奇怪混合物。他明白他四周全是病人，然而同时他又觉得每个病人都是他从前认识的，或者在书本上读过的，或者听见人讲过的什么人，不过他们现在或者早就暗中隐蔽起来了。病院里住着各个时代和各个国家的人。有活的,也有死的。有世界上著名的人和有势力的人,还有在上次战争中阵亡而现在又复活起来的士兵。他认为自己是在一个魔法很大的魔力圈里面,地上的一切力量都集中在他的身上,而且在他那高傲自负的疯狂中,他把自己当作这个圈子的中心。这个病院里面他所有的同伴都是集合到这里来完成一件工作的,他朦胧地觉得这是一个巨大的事业,它的目的在于消灭地上的邪恶。他并不知道这件工作的性质究竟怎样,可是他觉得自己有足够的力量来完成它。他能看透别人的思想,他在各种东西上面都看见了它们的全部历史。病院花园里那些大榆树把过去年代的种种传说、故事都对他讲了;这所房屋的确修建得相当久了,他以为它是彼得大帝时代的建筑物,而且他相信那位沙皇在波尔塔瓦战役①时期在这里住过。他这是从墙壁上,从脱落的灰泥上,从他在花园里找到的碎砖和磁砖上看出来的;房屋和花园的历史都写在它们上面了。他还以为那所当作停尸房用的小

---

① 波尔塔瓦战役:一七○九年彼得大帝在波尔塔瓦打败了瑞典的军队。

小房屋里面住着几十个、几百个已经死了好久的人，他牢牢地望着它那地下室的一扇朝着花园角的小窗，他在龌龊的彩虹色旧玻璃的不平的反光上，看见了一些他过去在生活里或者在画像上见过的面貌。

在这些日子里一直是晴朗的好天气，病人成天在花园里露天下面。园中指定给病人用的地方虽然不大，却密密地长满了树木，而且尽可能到处都种了花。看守长规定凡是能够劳动的病人都得在花园里做点工作；他们成天在小路上铺撒砂土，在他们亲手挖出来的花圃、黄瓜地、西瓜地和甜瓜地上除草、浇水。花园的一角密密麻麻地长了不少樱桃树；沿着这个角落有一条种榆树的林荫路；这个角落的中间有一座不大的假山，上面有一个整个花园里最美的花圃。土台的边缘上开着颜色鲜艳的花朵，当中是一棵大丽花，正开出大而罕见的、有红色斑点的黄花。它成了整个园子的中心，而且是在花园里最高的地方，更可注意的是许多病人都把它看作含有某种神秘意味的东西。在这个新病人的眼里，它也很不寻常，他还把它当作花园和整个建筑物的守护神呢。所有的路边都让病人们种上了花。凡是在小俄罗斯的花园里面可以看到的各种各样的花这里全有：长得高高的玫瑰，颜色鲜艳的喇叭花，开着浅红色小花的高高的烟草灌木，薄荷，万寿菊，金莲花和罂粟。离园门不远的地方也长了三小丛罂粟花，是特别的一种；它比一般的罂粟花小得多，而且它那异常鲜艳的深红色花朵也跟它们不同。这个新病人进院的第一天在玻璃门里看到并且使他惊奇的也就是这种花。

他头一次走进花园的时候，还不曾走下园门的台阶，首先就望着这种颜色鲜艳的花。花一共只有两朵，它们偶然地没有同别的罂粟花长在一起，它们生在一个没有除过草的地方，因此它们的四周都是长得很密的杂草。

病人一个一个地依次走出了玻璃门，门口站着一个看守，每个病人走过他的身边，他就给他一项白色厚棉尖顶帽，帽子前面有一个红十字。这种帽子是当初准备在战争时期用的，后来这个病院在拍卖的时候买下来了。不用说,病人也认为这个红十字含有一种特别的神秘的意义。他把帽子揭了下来,看看帽上的红十字,然后又看罂粟花。花更鲜艳。

"它胜了,"病人说,"可是我们等着瞧罢。"

他也走下了台阶。他四处张望了一下,没有发现站在他背后的看守,就大步走到花圃跟前,朝着花伸出手去,可是他却决不定要不要把花摘下来。他觉得他那只伸出去的手上有一种热的、刺痛的感觉,随后这感觉就通过了他的整个身体,好像有一种他所不知道的力量的强流从红色花瓣上放出来,一直透过他的全身。他更走近了,把手伸到那朵花上去,可是他觉得花为了保卫自己,放出了一种能致人死命的毒气。他的脑袋发晕;但是他仍然使出他最后的不顾死活的努力,他已经抓住了花茎,突然间一只沉重的手压在他的肩头。看守抓住了他。

"不可以摘花,"那个年老的霍霍尔说。"也不可以走到花圃跟前。你们这种疯子我们这儿很多,一人摘一朵花,整个花园就摘光了,"他劝导地说,仍然抓住他的肩头。

病人望着看守的脸，默默地挣脱了他的手，愤愤地沿着小路走去。"啊，不幸的人们。"他想道，"你们看不出，你们眼睛瞎到这个地步，居然保护起它来了。然而不管付出多大的代价，我一定要弄掉它。今天弄不掉，我们明天再来较量一下。即使我灭亡了，我也不在乎……"

他在园子里走来走去，一直走到傍晚；他认识了一些病人，进行了一些古怪的谈话，在交谈中每个人都是一样，只听见那些对他自己疯狂思想的回答，并且讲着一种荒诞、神秘的语言。他时而和这一个同伴，时而和另一个同伴一块儿散步，等到白天过完，他却更加坚决地相信"万事齐备了"，像他对自己说的那样。很快，很快地铁栅栏都要倒下来，所有这些犯人都要从这里出去，他们要跑到天涯地角去；全世界要颤栗，扔掉它的陈旧的外壳，显出新的、奇妙的美来。他差一点忘记了花，可是在他离开花园、踏上台阶的时候，他又在那些罩上暗影而且已经有了露水的茂密的杂草中间看见那两朵红花。这时,他故意留在众人的后头,站在看守的背后,等待着适当的时机。他没有让一个人看见,就跳过花圃,拿到花,连忙把它藏在他的胸前衬衫下面。那些新鲜的、带露水的叶子挨到了他的身体,他的脸色惨白得像死人一样,他恐怖地睁大了两只眼睛,额上冒出了冷汗。

病院里点起了灯;大多数的病人都躺在床上等着吃晚饭,只有几个急躁的人在走廊上和厅子里忙忙慌慌地走来走去。摘了花的病人也在这几个人的中间。他走着,两手交叉着,痉挛地紧紧压在胸口上,好像他想压坏、捣碎他藏在那里的花似的。他遇见了别的病人,便远远地躲开他们,连挨到他们的衣角也害怕。"不要走近我,不要走近我!"他叫道。不过这种叫声在这个病院里很少引起人们注意。他走得越来越快,步子越跨越大,他带着一种狂怒走了一两个钟头。

"我要累死你。我要闷死你!"他声音低沉地恨恨地说。

有时候他还咬牙切齿。

饭厅里开出了晚饭。在没有桌布的大桌子上放了几个上过色而且镀过金的木碗，碗里盛着薄薄的黍米粥；病人们坐在长凳上；每人分到一块黑面包。他们用木头匙子喝粥，八个人共吃一碗。少数吃较好伙食的人在屋子里单独地吃饱。我们的病人匆匆地吞下了看守给他送到他屋子里来的那份饮食，他觉得还没有吃饱，便走到公共饭厅里去。

"请您准我在这儿吃，"他向看守长说。

"您没有吃过晚饭吗？"看守长问道，倒了一份额外的粥在木碗里面。

"我很饿。我需要增加力气。我就靠着饮食来支持我；您知道，我完全睡不着。"

"朋友，请随便吃罢。达拉斯，给他匙子和面包。"

他坐在一个碗的前面，吃了额外的一大份粥。

最后，看守长看见大家都吃完了晚饭，我们这个病人仍旧守着那个碗，用一只手将碗里剩的粥弄出来，另一只手紧紧地按住胸口，就对他说："好了，够啦，够啦。您吃得太多了。"

"哎！但愿您知道我需要多少力气，多少力气就好了！再见，尼古拉·尼古拉伊奇，"病人离开桌子站起来，紧紧地握着看守长的手说，"再见。"

"您到哪儿去？"看守长含笑地问道。

"我？哪儿也不去。我留在这儿。不过明天我们也许见不到了。谢谢您对我的关照。"

他又一次紧紧地握住看守长的手。他的声音打颤，眼睛里充满了泪水。

"安静点，朋友，安静点，"看守长答道。"这种忧郁的思想有什么好处？您去罢，躺下来好好地睡一觉。您需要多睡；要是您睡得好，您的病也好得快。"

病人号啕大哭起来。看守长掉转身去吩咐看守赶快把晚饭桌收拾干净。半小时以后，病院里所有的人都已经睡了，只有拐角上那个房间里有一个人和衣躺在他的床上。他好像发寒热似地在哆嗦，而且痉挛地按住自己的胸口，他觉得他的胸口已经浸透了一种闻所未闻的致命的毒药。

# 五

他整夜都没有睡。他摘了这朵花,因为他把这个行动当作一件他应当立下的功劳。当初他在玻璃门里第一眼看到这朵花的时候,它那鲜红的花瓣就引起了他的注意,他觉得从那个时刻起他就完全明白他在世界上应当做的是什么事情了。世界上的一切恶都集中在这朵鲜艳的红花上面。他知道鸦片就是用罂粟花做的;也许是这个思想在他的脑子里逐渐扩大,有了一种巨大而奇怪的形状,使他创造了这个可怕的、怪异的幻影。在他的眼睛里,这朵花便是一切恶的化身;它拿一切无辜者的血做养料(这就是它这么红的原因),拿一切的眼泪,拿一切人类的痛苦做养料。这是一个神秘的、可怕的生物,这是一个跟上帝对立的东西,一个换上了谦虚、清白的形体的阿利曼①。应当把它摘下来,弄死它。可是这还不够,还应当不让它在临死的时候把它所有的恶放射到世界上来。所以他把

---

① 阿利曼:古波斯宗教里的邪恶之神。

它藏在他的怀里。他希望明天早晨以前花就会失去它全部的力量。它的恶会渗进他的胸膛，他的灵魂，在那里它不是给他打败，就是它打败他——那么他自己就会灭亡，死去，不过他会死得像一个光荣的战士，像人类的第一个战士，因为一直到现在还不曾有过一个人敢于出来同时跟世界上所有的恶战斗。

"他们没有看见它；我看到了。我能够让它活着吗？我宁愿自己死去。"

他躺在那里，在这一场战斗中弄得精疲力竭，虽然这是假想的、虚幻的战斗，可是他仍然给弄得精疲力竭。早晨助理医生来，看见他快要死了。然而尽管这样，过不了多大的工夫。兴奋状态又占了优势，他跳下床来，照旧在病院里跑来跑去，同别的病人谈话，也对自己讲话，声音比以前任何时候更响亮，话也更不连贯。人们不让他再到花园里去；医生看见他的体重一天一天地减轻，而且他一直不睡觉，老是不停地走来走去，便吩咐给他作皮下注射，打了一针大剂量的吗啡。他并不反抗：幸好在这个时候他的疯狂的思想同这个手术并不冲突。他不久就睡着了；疯狂的活动停止了，他再也听不见那个一直在他的耳边响着、由他那一阵阵脚步的拍节声所组成的响亮的曲调了。他昏迷了，对什么事情都不再去想了，连应当摘掉第二朵花的事他也忘记了。

然而三天以后他还是把那第二朵花摘下来了，而且是当着看守的面摘下来的，那个老头儿想拦阻他也没能阻拦住。老看守在后面追赶他。病人带着胜利的高呼跑进病院里去了，他冲进自己的房间，把花藏在他的怀里。

"你为什么摘花？"看守从后面追来问道。可是病人已经躺在床上，按照他平日的姿势，把两只手交叉地放在胸口上，开始讲起那种胡话来，看守只好静静地从病人的头上揭下那顶额上有红十字的尖顶帽（这是他在匆忙的奔逃中忘记揭下来的），走出去了。于是幻想的战斗又开始了。病人觉得从花里流出一些长长的像蛇一样弯弯曲曲地爬行的恶流；它们缠着他，压着而且压碎他的四肢，把它们可怕的毒汁注进他的全身。他把他的敌人咒骂了一阵,便哭起来,又祷告上帝,然后再去咒骂敌人。到了傍晚花枯萎了。病人把这变黑了的花扔在脚下践踏,然后又拾起碎瓣来,拿到浴室里去。他把这一团给踏得不成形的昔日的鲜花扔在炉子里烧红了的煤上面,他看了许久,看他的敌人在咝咝地叫,在逐渐收缩,最后变成了一个又细又软的雪白的灰球。他吹了一口气,它就完全没有了。

第二天病人的身体更坏了。脸色白得可怕,两边脸颊完全陷了进去,那对发火的眼睛也深深地落进眼窝里去了;他一直疯狂地在各处走来走去,脚步摇摇摆摆,时常摔倒,他讲胡话,讲个没完没了。

"我不想用武力,"老医生对他的助手说。

"可是必须制止他这样走动。今天他只有九十三磅了。要是再这样下去,他两天以后就会死掉。"

老医生考虑了一阵。

"打吗啡?不然用三氯乙醛?"他用了半询问的口气说。

"昨天打过吗啡,并不见效。"

"叫人把他绑起来罢。不过,我怀疑能救活他。"

# 六

病人就给绑起来了。他躺在自己的床上,穿着给疯人穿的紧衣,让一些粗麻布宽带子把他牢牢地绑在病床的横铁条上。可是他的疯狂的动作并不曾减少,却反倒增加了。他接连顽强地挣扎了许多个钟头,想挣脱他的束缚。最后一次他用力一挣,挣断了一根带子,他的两腿自由了,然后又从其他的带子下面抽出了自己的身体,他的两只胳膊仍然给紧衣绑住,他就这样在屋子里走来走去,大声说着别人无法理解的胡话。

"你怎么啦?"看守走进来大声叫道。"一定是魔鬼帮你挣脱的!格利次科!伊凡!快来,疯子挣脱了。"

他们三个人一齐向病人扑过去,于是一场长时间的战斗开始了,斗得攻击者疲惫不堪,防卫者也大受其罪，病人现在把他剩下的那一点点力气也花光了。最后他们把他扳倒在床上，绑得比以前更牢。

"你们不明白你们在做什么！"病人喘着气嚷道。"你们要灭亡的！我看见了第三朵花，刚刚才开放。现在它已经准备好了。让我去做完我的工作罢！必须弄死它，弄死！弄死！那么什么事都做完了，什么人都得救了。我本来可以差你们去，然而这件工作只能由我一个人去做。你们只要挨到它，就会死的。"

"住嘴，先生，住嘴！"留下来在床前值班的老看守说。

病人不做声了。他打定主意蒙骗看守。他让他们绑了一整天，夜里也照这样地绑着。老看守把晚饭端来给病人吃了以后，在病床的近旁铺了一点东西，自己躺了下来。不到一会儿他就睡熟了。病人开始活动起来。

他弯起自己的整个身体，使它靠到病床的铁条，用他那给包在紧衣长袖子里面的手腕去挨铁条，他开始急急地拿袖子在铁上面用力磨擦起来。要不了多大的工夫，厚帆布就给磨穿了，他可以活动他的食指了。现在事情进行得更快了。他用健康的人所没有的那种灵活同敏捷动作解开了那个把袖子绑在他背后的结，解开了紧衣；然后他倾听着看守的鼾声听了许久。老头儿睡得很熟。于是病人脱下了紧衣，溜下床来。他自由了。他试着开门，门从里面给锁住了，钥匙大概在看守的衣袋里。他害怕惊醒看守，不敢搜他的衣袋，便决定从窗里出去。

这是一个寂静的、暖和的、黑暗的夜；窗户开着；星星在漆黑的天空中闪烁。他望着它们，认出那些熟悉的星座，他很高兴，因为他觉得它们好像了解他，同情他。他眨着眼睛，看见它们给他送下来的无穷无尽的光芒，他那疯狂的决心更大了。必须弄开铁格子窗的粗铁条，弄出一个窄小的出口，爬到长满灌木的小巷子里去，然后再爬过那堵高高的石头围墙。最后的战斗就在那里。至于以后呢——死也无所谓了。

他试着用他的两只空手去弄弯那根粗铁条，可是铁条一点也弄不动。随后他拿紧衣的那双很结实的袖子搓成一根绳子，把它拴牢在那根铸在铁条头上的尖钉上面，再把他的整个身体吊在绳子上。他作了最大的努力，差不多把他那点剩余的力气全使上了，结果尖钉给弄弯了；一个窄小的出口给打开了。他把身体挤过这个出口，爬到了外面，他的肩头、他的胳膊肘、他的光着的膝头都擦伤了；他又穿过灌木，站在高墙前面了。四周非常静；整座大楼的窗户里面亮着小灯的微光；窗内看不见一个人影。也没有人看到他；睡在他床边的老头儿大概睡得非常熟。星星温柔地对他闪烁放光，它们的光芒一直射到他的心里。

"我就到你们那儿去，"他望着天空，轻轻地说。

他试着去爬墙，头一回就摔了下来，指甲断了，手和膝头都在出血；他开始找寻一个适当的地方。在高墙和停尸房墙壁衔接的处所，两面墙上都有几块砖落下来了。病人摸到这些缺口，就利用它们作脚蹬，爬上了墙头，抓住墙内一棵榆树的枝子，就顺着树身轻轻地下去，到了花园的地上。

他跑到台阶旁边那个熟悉的地点。花垂着它那幽暗的头，卷闭着花瓣，在带露水的杂草中间清清楚楚地现了出来。

"最后一朵了！"病人喃喃地说。"最后一朵了！今天不是胜利便是死亡。可是对于我这已经完全没有关系了。请等一下，"他仰望着天空说，"我马上就要跟你们在一块儿了。"

他拔起花来，撕扯它，揉碎它，然后把它捏在手里，从原路回到他自己的房间。老头儿仍然在睡觉。病人刚刚走到床前，就失去知觉倒在床上了。

第二天早晨人们发觉他死了。他的面容很安详，而且带着喜色；他有着薄薄的嘴唇，一对深深下陷的眼睛也闭上了，他这副憔悴的面貌上露出了一种自豪的幸福。人们把他搬到担架上的时候，他们想掰开他的手，拿走那朵红花，可是手已经僵硬了。这样他就把他的战利品带到坟墓里去了。

一八八三年

# 信号

谢明·伊凡诺夫是铁路上的查道夫。他的道房跟一个车站的距离是十二个维尔斯特①,跟另一个车站的距离是十个维尔斯特。离他这儿有四个维尔斯特光景的地方,去年开办了一所大的纺织厂;它的高烟囱黑黑地从树林后面耸起来,可是在这附近,除了别的查道夫的道房外,就没有人烟了。

谢明·伊凡诺夫是一个有病的而且身体很差的人。九年前他参加了战争,给一个军官当勤务兵:他一直把他伺候到战事结束的时候。他挨过饿,受过冻,又让太阳烤过,并且在大热天或者大冷天作过四五十个维尔斯特的行军。他也在炮火下面待过,可是,感谢

---

① 维尔斯特:俄里,一俄里等于一·〇六公里(一千零六十公尺)。

上帝！没有一颗子弹打到他的身上。有一回他的部队是在第一线上。他们跟土耳其人整整打了一个星期的小仗：俄土双方的前线中间就只隔了一条深的峡谷，从早到晚枪声一直不断。谢明的长官也在前线；谢明每天三次从峡谷里、部队的厨房里给他送来冒热气的沙莫瓦尔①和他的午饭。谢明捧着沙莫瓦尔在没有掩蔽的露天下面走着，子弹带着吹哨声在他四周飞来飞去，打在石头上面，骇坏了谢明，他哭了，可是他仍然往前走。军官们非常喜欢他：他常常使他们有热茶喝。他从战场回来，没有带一点儿伤，只是手脚痠痛。从这时候起他受了不少的苦。他回到家——老父亲去世了；四岁的小儿子也死了（害喉症死的）；就只剩下谢明和他妻子两个人。他们在田上干不了活。用他那发肿的手脚去耕田是很困难的。他们没法在自己的村子里头再待下去，便动身到新的地方找机会去了。谢明和他妻子在赫尔森和冬新拉那条路上待了一个短时期，可是没有一个地方碰到运气。随后他的妻子便

---

① 沙莫瓦尔：即茶炊，一种连带着火炉的铜制大茶壶。

出去做用人,谢明还是照以前那样飘来荡去。有一回他偶然坐了火车;在某一个站上他看见那个站长好像是他的一个熟人。谢明望着站长,站长也看着谢明的脸。他们互相认出来了。站长是谢明的那个部队里头的一个军官。

"你是伊凡诺夫?"他说。

"的确是,大人,就是我。"

"你怎么到这儿来的?"

谢明一五一十地全对他讲了。

"你现在到哪儿去?"

"我不知道,大人。"

"傻瓜,你怎么可以不知道呢?"

"的确是,大人,因为我没有地方可去。大人,我得找个工作。"

站长望着他,想了一忽儿,便说:

"喂,朋友①,就在这个站上待一阵罢。我想,你结过婚了?你的老婆在哪儿?"

---

① 朋友:原文是"兄弟",和我们的"朋友"意思同。

"的确是结过婚了,大人;老婆在库尔斯克城,在一个商人家当用人。"

"好的,就写信给你的老婆叫她到这儿来。我给她一张免费票。我们这儿有个查道夫的道房空着,我替你在段长那儿讲一声。"

"多谢,大人;"谢明答道。

他在站上待下来,在站长的厨房里帮忙,砍柴,打扫院子、打扫月台。过两个星期他的妻子也来了,谢明坐了手推车到他的道房去。这是一个新的道房,很暖和,而且柴火要多少有多少;有一个小小的菜园,这是以前的那个查道夫留下来的,在轨道的两边各有半结夏吉纳①光景的耕地。谢明非常高兴;他开始在想自己种点田,买一头公牛,买一匹马了。

所有的必需的东西他们都给了他:绿旗、红旗、提灯、喇叭、铁锤,专为螺旋帽用的螺旋钳、铁杆、铁铲、扫帚、螺钉、钉子;他们还给了他两本规程和一份行车时刻表。起初谢明夜里睡不着,他把整个时

---

① 结夏吉纳:俄亩名。一结夏吉蚋等于一·〇九公顷。

刻表都记熟了。每一班车到来以前两点钟,他总要在他那个地段里面各处去走走看看,坐在他的道房门前一个凳子上,注意地看着,听着,铁轨是不是在颤动,火车声是不是听得见。他连规程也记熟了;虽然他还是靠着把一个字一个字慢慢地拼出来读下去的,可是他仍然记熟了。

这是在夏天,工作并不繁重,用不着去扫雪,这条线上火车来去很少。谢明每天两次照例走一个维尔斯特的路,去查看路轨,在各处把螺旋帽旋紧,平平路基,看看水管,然后走回家去料理他自己的事情。这儿只有一个不好的地方:便是,即使他想做一件芝麻大的小事,他也要先得到稽查的许可。谢明和他的妻子都有点厌烦起来了。

过了两个月的光景,谢明开始跟他的邻人们(别的一些查道夫们)认识了。一个是上了年纪的老工人,当局一直在打算解雇他:他很少走出他的道房来。照例是他的妻子在做他的工作。另一个查道夫的岗位离车站更近,他是一个年轻人,很瘦,可是结实。谢明第一次碰见他,是在两个道房中间的铁路上查路的时候;谢明揭下帽子,鞠躬。

"你好呀,邻人,"他说。

邻人斜着眼睛看他一眼。

"你好,"他说。

他掉转身,走开了。后来两个女人遇见了。谢明的妻子阿利娜向邻人问好;那个邻人也没有讲多少话就走了。有一回谢明看见了她。

"喂,大嫂子①,"他说,"你的丈夫是个不爱讲话的人?"

那个女人起初不做声,后来才说:

"他有什么话跟你讲呢?各人有各人的事……上帝保佑你。"

然而又过了一个月的光景,他们却成了朋友了。谢明跟瓦西里一块儿去查路,他们坐在路边,抽着烟斗,谈着自己的生活。瓦西里老是不大讲话,可是谢明却一直在讲他的村子和他亲身经历过的战事。

---

① 大嫂子:原文是"年轻女人"。

"我一生受了不少的苦,"他说,"可是上帝知道我还没有过够那种日子。上帝没有给过我幸福。上帝要给谁好运,谁就会得到好运。事情就是这样,老弟,瓦西里·司节潘尼奇。"

可是瓦西里·司节潘尼奇在铁轨上敲出烟斗里的烟灰,站起来,说道:

"紧跟着我们一辈子的不是好运,却是人们。世界上再没有比人更凶恶,更残忍的野兽了。狼并不吃狼,可是人却活生生地吃掉了人。"

"喂,朋友,不要这样说,狼是吃狼的。"

"我想到什么话,我就说出来了。然而生物里头再没有比人更残酷的了。要是没有人的贪心和坏心——生活就过得下去了。每个人都狠狠地刺你,都想咬你,吞掉你。"

谢明想了一忽儿。

"我不知道,朋友,"他说,"也许就是像你说的那样,也许这是上帝的意思。"

"那么也许,"瓦西里说,"我跟你谈话是白费时间了。把一切的坏事都写在上帝的帐上,自己却坐着受苦,朋友,这不是人干的事,这是畜生干的。这就是我要讲的话。"

他也不说一声再见,就转身走了。谢明也站了起来。

"邻人,"他叫道,"你为什么要发脾气呢?"

邻人并不回过头来,却只顾朝前走了。谢明把他望了许久,等到瓦西里在双岔道上转了弯望不见了,才回家去。他到了家便对妻子说:

"喂,阿利娜,我们的邻人是坏蛋,不是一个人。"

然而他们并没有吵架;他们又遇到了,跟以前一样地谈着同一个题目。

"啊,朋友,倘使不是为了人们,我跟你,我们就不会坐在这些道房里头了,"瓦西里有一回这样说。

"道房怎么样……没有关系,可以过下去。"

"可以过下去,可以过下去……唉,你!活得久,学得少,看得多,见到的少。一个穷人住在这儿或那儿的道房里头,过的是一种怎样的生活啊。这些食人者正在吃你。他们在吸光你所有的精血，等你变老的时候，他们就把你扔掉，像他们对付他们拿来喂猪的油渣一样。你有多少工钱？"

"不多，瓦西里·司节潘尼奇。十二个卢布。"

"可是我有十三个半卢布。请问你，为什么这样呢？照规程局里应当给我们每个人十五卢布一个月的工钱，外加柴火灯油。谁规定你应当拿十二卢布，我拿十三半卢布呢？请问你？……可是你说，可以过下去。你要明白这不是一个半卢布或三个卢布的问题。就算他们把十五个卢布全给了我们也罢。上一个月我在站上：局长坐车经过那儿，所以我看见了他。我有这样的光荣。他挂了一辆花车；他走到月台上来，站在那儿……是的，我不会在这儿待久的；我要走，一直朝前面走。"

"你到哪儿去呢，司节潘尼奇？人不会丢掉一个好处去找另一个好处的。你在这儿有家，有温暖，还有一小块地。你的老婆是一个工人……"

"地！你得看看我那块地。上面连一根细枝条也没有。春天我种了点卷心菜,就在那个时候稽查来了。他说:'这是什么东西?为什么不报告?为什么没有得到许可就做了?给我连根全挖起来。'他喝醉了。在别的时候他不会讲一句话,可是这一阵他却想到了……三个卢布的罚款!……"

瓦西里沉默了一忽儿,他接连抽了好几口烟,然后小声地说:

"他再多讲几句,我就会把他打死了。"

"喂,邻人,我对你说,你太暴躁了。"

"我并不暴躁,不过我是在老老实实地说,老老实实想罢了。可是我仍然要给点颜色给他瞧!我要到段长那儿控告去。你等着瞧罢。"

他的确控告了。

有一次段长来视察铁路。因为三天以后有几位从彼得堡来的大人物要坐车经过这条线上:他们是来进行调查的,所以在他们经过之前,必须把一切安排得很有秩序。道床铺好了,路基弄平了,枕木仔细检查过了,道钉也敲进去了些,螺旋帽旋紧了,路标也漆过了。又吩咐了在双岔道上撒黄沙。附近那个道房的老婆子也把她的老头儿赶出来拔草。谢明也忙了整整一个星期；他把一切事情都弄得有条有理，补好他的外套①，拿一块砖把他的铜牌子擦得雪亮。瓦西里也努力工作。段长坐着手摇车来了；四个工人摇着把手；齿车嗡嗡地响着②；手摇车一点钟走二十维尔斯特，可是轮子响得厉害。车子到了谢明的道房前面，他从屋里跳出来，照一个兵的规矩向段长报告。一切都显得有条有理。

"你在这儿很久吗？"段长问道。

"从五月二日起，大人。"

"对。谢谢。一百六十四号道房，是谁在那儿？"

"瓦西里·司皮利多夫。"那个跟段长一块儿坐手摇车来巡视的稽查答道。

"司皮利多夫，司皮利多夫。……啊，就是您去年呈报过的那个人吗？"

---

① 外套：一种农民穿的长裾的外套。
② 英译本作"杠杆使得六个轮子发出营营声"。

"就是他。"

"哦,对,我们去看瓦西里·司皮利多夫去。走罢。"

工人们拿手放在把手上;手摇车开动了。

谢明望着手摇车,他想着:"哦,他们跟我邻人中间会有麻烦了。"

过了两个钟点的光景他出去查路。他看见有人从双岔道上沿着路基走过来,他的头上有什么白的东西看得见了。谢明注意地往那边看。这是瓦西里;手里拿着一根手杖,肩头扛着一个小包袱,他的脸颊给一方手绢儿包扎起来。

"邻人,到哪儿去?"谢明叫道。

瓦西里走得更近了。他的脸白得跟粉笔一样,眼里露着狂乱的表情。他结结巴巴地说:

"到城里去……到莫斯科……到局子里。"

"到局子里?哦!那么你是去控告去。得啦!瓦西里·司节潘尼奇,忘了它吧!……"

"不,朋友,我不会忘记。要忘记,也晚了。你看！他打了我的脸，流了血。只要我还活着，我不会忘记，我不会这样罢休的！"

谢明抓住他的手。

"丢开吧，司节潘尼奇，我老实对你说：你还是不做的好。"

"好又有什么用！我自己也知道我是不做的好；你从前讲过的关于好运的话是对的。我倒真是不做的好，不过人也应当出来拥护公理，朋友。"

"你告诉我究竟是怎么一回事罢？"

"怎么？……他什么都检查过了，就从手摇车上下来，看道房。我早已知道他很严，所以把什么都布置得十分妥当。他已经要走了，我却向他控告。他马上大声嚷起来。他说：'政府的调查这就来了，你却为着菜园的事情来控告！'他说：'枢密顾问官这就来了，你还在担心卷心菜的事！……'我忍不下去了，说了几句话，也没有几句，可是把他得罪了。他打我的脸……可是我呆呆地站在那儿，好像他打得应该似的。他们走了；我清醒过来，洗干净我的脸就走出来了。"

"道房怎么样呢?"

"我老婆待在那儿。不会误事的。不要去担心他们的路。"

瓦西里站起来,打起精神,说:

"再见,伊凡尼奇。我不知道,我会不会得着公道。"

"你一定不是走路去罢?"

"到了站上,我会跳上货车,明天就到莫斯科了。"

邻人们互相告辞;瓦西里走了,他好久都不在。妻子替他工作,日夜都不睡;她等着丈夫回来,弄得精疲力尽了。第三天调查团到了:火车头,行李车,二辆头等车,可是瓦西里还是不在。第四天谢明看见了他邻人的妻子;她的脸哭肿了,眼睛也是红的。

"你丈夫回来了吗?"他问道。

女人摇摇手,一句话也不说,只顾走她的路。

谢明还是小孩子的时候,他就学会了用山水杨①做笛子。他把山水杨杆子的心烧空,在必要的地方弄

---

① 山水杨:英译本作"芦苇的一种"。

了一些洞孔，在一头做了一个吹口，便做成一支笛子并且调好音可以让你随意吹出悦耳的调子来。他在空闲的时候做出很多笛子，由他认识的货车管理员们替他送到城里市场上去；他靠每支笛子可以拿到两个戈比①。那一天②调查团来过之后，他把妻子留在家里，迎接六点钟的晚车，自己拿了一把刀子到树林里去砍点杆子。他一直走到他的地段的尽头（在这个地方铁路转了一个急弯），走下路堤进到山脚下树林里去了。大约有半个维尔斯特远的光景，有一个大的泥沼，在泥沼的四周长着给他做笛子用的上好的灌木。他砍了整整一捆杆子，便动身回家去。他走过树林里面；太阳已经在往下落了；在死一般的静寂中只听得见鸟的叫声和脚下枯枝的破折声。谢明迈着快步子急急地走着。他还没有走多久，就觉得自己听见了在什么地方铁跟铁撞击的声音。谢明走得更快了。这个时候在他的地段里面并没有修路的工作。"这是什么意思？"他

---

① 戈比：或译作"戈贝克"，俄国的铜板，一百戈比合一卢布。
② 原文作"第三天"，指瓦西里离开道房的第三天。和英译本的"那一天"意思同。

想道。他走出树林的边缘——铁路的路堤高高地在他的眼前耸现了；在那上面，一个人蹲在路基上忙着在干什么事。谢明静悄悄地朝着他爬上去。他想大概有人在偷螺旋帽罢。他小心地望着——那个人站起来，手里拿着铁杆；他用铁杆撬起了一节铁轨，把它移到一边去。谢明的两眼发黑；他想叫出来，可是他不能够。他看见是瓦西里，便拚命地跑过去，可是那个人拿着铁杆和螺旋钳急匆匆地朝另一边溜下去了。

"瓦西里·司节潘尼奇！亲父亲，好朋友，转来罢！给我铁杆！我们把铁轨弄好，没有人知道。转来罢，快把你的灵魂从罪孽中救出来。"

瓦西里连头也不回过来，他走进树林去了。

谢明站在撬开了的铁轨前面，他丢开了他那一捆杆子。有一班火车要来了：不是货车，是客车。他手边没有可以用来拦住那班火车的东西：他没有红旗。他不能够把铁轨移回原处，也不能空手敲进道钉。他必须，绝对地必须跑回道房去，拿一点器具来。"上帝帮助我啊！"他喃喃地说。

谢明向他的道房跑去,跑得喘气了。他跑着——时不时地摔倒。他跑出了树林;离他的道房不过一百沙绳①了,他突然听见了远远的工厂的汽笛声。六点钟。再过两分钟七号车就到了。"上帝啊,救这些无辜的灵魂!"在他的想象中他好像看见了:火车头用它的左轮滚撞在那根撬开了的铁轨上头,震抖起来,向一边倾倒,弄断了枕木,而且就在那个地方有一个弯,火车头从十一沙绳高的路堤上摔下去——三等车里挤满了人,还有小孩子……他们现在都坐在那儿,一点儿也没有想到。"上帝啊,请指示我该怎么做!……不,要跑回道房再及时地赶回来是不可能的。……"

谢明不再朝道房跑去了,他却回转来,跑得比以前更快。他几乎是没有知觉地在跑着;他自己也不知道会发生什么事情。他一直跑到被撬开的铁轨那儿,他那一堆杆子还放在那个地方。他弯下身子,自己也不知道为着什么。抓起了一根杆子又继续朝前跑去。他觉得火车已经来了。他听见远远的汽笛声;他听见

---

① 沙绳:俄国尺度名,一沙绳合中国六尺六寸。

铁轨均匀地、轻轻地颤动起来。他没有气力再跑远了；他就在离那个可怕地点大约有一百沙绳光景的地方停下来：这时候一个思想到他的脑子里来了，好像射进来一线光似的。他揭下他的帽子，从帽子上撕下一块棉布；从靴筒里抽出他的刀来；他在自己胸前划了一个十字喃喃地说了一句："上帝保佑我！"

他把刀戳进他的左膀，在肘拐以上的地方；血淌出来，成了一股红红的热流；他把那块布浸在血里，然后把它摊平，拿它缚在杆子上，于是他的红旗举起来了。

他站在那儿摇他的旗子，可是火车已经看得见了。

司机看不见他，会走近来的。可是一列载重的火车怎么能够在一百沙绳以内停下来呢！

血不停地流着；谢明把伤口的两边压紧在一块儿，想使伤口合拢起来，可是这也不能止血；分明是他把他的手膀割得太深了。他的头开始发晕；许多黑点子在他的眼前飞来飞去；随后就是一片黑暗；他的耳边响起了钟声。他看不见火车，也听不见闹声；他的脑子里就只有一个思想："我会站不稳,会倒下去,会扔掉旗子;火车会在我身上跑过……上帝啊,帮忙我。……"

他的眼前完全黑了,他的心也空了,他把旗子也扔掉了。可是红旗并没有落在地上:一只人的手抓住了它,迎着走近的火车高高地举起来。司机看见它了,便关上调节器,打倒车。火车停止了。

人们从车厢里跳出来,围成一大群。他们看见一个人失去知觉,躺在血泊里;另外一个人站在他旁边,手里拿着一根缚了一块血污的破布的杆子。

瓦西里朝四面看了看,然后埋下头来。

"绑住我,"他说,"我撬开了一节铁轨。"

一八八七年

# 一件意外事

一

将近两年来我都没有认真地想过任何一件事情，可是现在我怎么会突然地思索起来了，这一层我是不能够了解的。这不会是那个人使我思想，因为像他那样的男人我见得太多了，连他们的说教讲道，我也听腻了。

是的，除了少数极端冷酷的或者真正聪明的人以外，他们差不多全是永远讲些对他们毫无用处的事，不然就讲到我身上来。他们先问我的名字和我的年纪；过后大半都会做出一种关心的神情说道："难道你就不能够放弃这样一种生活吗？"起初这种事情总是使我烦恼不安，可是现在我已经习惯了。对许多事情我都习惯了。

可是这半个月来，只要是我背着人的时候，只要是我不快活，这就是说我不醉的时候（因为除了喝醉以外我怎么能够高兴呢？）——我就在想。尽管我多么不愿意想，我却不能不去想。我不能够摆脱那些忧郁的念头。只有一个遗忘的方法，就是，到人多的地方去，到闹酒和下流的地方去。于是我也喝起酒，放荡起来。我的脑子糊涂了，我什么事都记不得了。……以后就好受多了。不过为什么这样的事情以前就从来不曾有过呢？——为什么不就发生在我跟过去生活告别的第一天呢？我在这间不干净的屋子里头已经住了两年多了，永远是这样地排遣光阴，常常到各种的饭店和舞厅去，而且在那些时候，我纵然不是真正高兴，我至少却没有想到这上面来。可是现在——却是完全、完全不同了。

这全是多无聊多愚蠢啊！这并非因为我没有地方去的缘故；我不去哪里，只是因为我不想去。我陷在这种生活里面了，我知道我自己的路。我有一次在一本画报上看到一幅画，这画报是我的一个"朋友"带给我的，每回画报上有什么"新鲜"的东西，这位"朋友"就会把它给我带来。在这幅画的中央是一个抱洋娃娃的漂亮的小姑娘，有两排人像围绕着她。在上面的一排人像中起先是婴孩，其次是上学的小姑娘，再其次是贞节的少女，然后是一家人的母亲，最后是一位受人尊敬的老太太。在下面的一排人像中起先是一个捧盒子的商店女子，其次是我，再其次也是我，最后又是我。第一个我——就像我现在这个样子，第二个我——拿着一把扫帚在扫街，第三个——还是我——像一个极讨厌极可恶的丑老婆子。然而我不会让我自己走到那个地步。再过两三年，倘使我还能够拖那么久的话，我就会投到御河①里去的。我做得出，我不害怕。

画这幅画的人一定是个古怪的家伙！为什么他认定一个女学生以后就应当成为贞节的少妇和受人尊

---

① 御河：即彼得堡的加塞林御河。

敬的母亲和祖母呢？我吗？我也能够在街上卖弄我的法语和德语！并且我也不以为我已经忘记绘图、描花了，而且我还记得"卡吕泼索在阿利西斯去后无以自遣"[①]。我也记得普希金和莱蒙托夫的诗[②]，而且我什么都记得。还有那些考试，还有那个可怕紧要关头，就是那一次我做了一个傻瓜，一个糊涂的傻瓜，我居然听信那个自命不凡的浪子的一切热情的蠢话，而且我居然傻到听得非常快乐，还有所谓上流社会的一切的谎话和肮脏行为，这一切我全记得。（我就是从那个上流社会走进我现在用烧酒[③]使自己糊涂的环境里来的。）……是的，我现在连烧酒也已经喝起来了。"可怕！"我的表姊阿尔加·尼可拉也夫娜会这样地说。

不错，这不是真正"可怕"吗？然而这是我的不是吗？我当时不过是一个十七岁的少女，八年来就关

---

① 这一句的原文是法文。这是希腊荷马的史诗《奥德塞》（*Odyssey*）中的故事。阿里西斯是忒洛亚战争中的一个英雄。卡吕泼索是一个岛上的仙女，她救了他，留他在岛上住了七年。但他终离开她回家去了。
② 普希金（A. S. Pushkin, 1799—1837）；莱蒙托夫（M. Y. Lermontov, 1814—1841）。二者都是帝俄时代诗人。
③ 烧酒：指俄国的伏特加（Vodka）。

在家里，除了那些像我自己一样的少女和她们的各种各样的妈妈以外就没有见过别人，倘使我当时没有遇见我的那个头发梳成加普尔式①的"朋友"，却遇到另外一个好人的话，那么一切事情都完全两样了。

可是这个想法多荒唐！难道真的有什么好人吗？难道在我堕落以后或者堕落以前我遇见过一个好人？在我所认识的那许多男人里面就找不出一个我能够不恨的，那么我还能相信有好人吗？在我遇见的那许多人里面有的家里有着年轻的妻子，有的还是"上等人家"的小孩（差不多是小孩——只有十四五岁的年纪！）有的还是秃了头、四肢已经不很灵活的半死的老头子，那么我还能够相信世界上有好人吗？

最后虽然我自己是一个受人轻视的下贱的人，可是我看见那些男人里面有着像那个手臂上②刺花字③的

---

① 加普尔式：一种男人的发式，把头发向前额梳出来。加普尔是当时著名的歌剧演员。
② 手臂上：原文是"肘拐以上的一段手臂上"。
③ 花字：原文是 Monogram，即将两三个字母组合而成的记号，如姓名的简写略字等等。

德国青年一样的人,我禁得住不去恨他们,轻视他们吗?他对我解释,这是他的未婚妻的姓名的简写。他用讨好的眼光望着我说:"不过现在你是我的好人,我最爱的爱人"①,过后他又把海涅②的诗念一些给我听,热心地说明海涅是德国的大诗人,不过德国还有比海涅更大的诗人,就是歌德和席勒,他还说只有像德国人这样一个伟大而又有天才的民族才能够产生这样的诗人。

我真想抓破他那张生着白眉毛、白睫毛的讨厌的肥脸!可是我并没有那样做,我倒一口喝光了他给我斟的那杯葡萄酒,把什么事都忘记得干干净净。


我为什么还要去想"将来",既然我已经把"将来"知道非常清楚?我为什么还要去想"过去",既然"过去"里面并没有什么比得上我现在的生活的东西?是的,这是真的。倘使今天有人来求我回到那种豪华的环境里去,跟那些头发梳得很美、话说得很漂亮的

---

① 这一句的原文是德文。
② 海涅(H. Heine, 1791—1856)及下文的歌德(J. W. von Goethe, 1749—1832)、席勒(J. C. F. Schiller, 1759—1805)都是德国诗人。

人一块儿生活,我也不肯回去!我宁愿守着我的职位,死在我的职位上……

是的,我有我的职位,我也是有人需要的,我也是不可少的。不久以前有一个年轻人到我这儿来,他的话一直讲个没完没了,背给我听某一本书里面他记得很熟的整整的一页文章。"这就是我们的哲学家——一个俄国的哲学家——说的话,"他解释道。这个哲学家的话很晦涩难懂,不过却是奉承我,他的意思是说,我们是"公众欲情的安全门"。……讨厌的字眼!那个哲学家本人一定是一个畜生,不过这个背出这些话来的年轻人却更坏。

然而,不久以前,这一个念头也到我的心里来了。我站在一位官长的面前受审,他拿我在公共场所做伤风败俗的事情这个罪名断我缴纳十五个卢布的罚金。

众人全站着听他宣读他的判决书的时候,我心里想道:"为什么他们大家都用这么轻视的眼光看我?就算是我干着一行肮脏讨厌的生意,一项最可轻视的职业——然而它究竟是一种职业!这个法官也有一项职业。我想我们两个人都……"

我什么都没有想,我只知道我在喝酒,我忘记了一切,我糊涂了。在我的脑袋里一切都混杂在一块儿——我今晚要在那儿厚着脸皮跳舞的那个叫人厌恶的大厅和这间我只有在喝醉的时候才能够住下去的可怕的屋子。我的鬓骨在跳动,我的耳朵里响着铃子声,什么东西都在我的脑袋里游泳,我的身子仿佛在水上漂着。我想停住,想抓住一件东西,就是一根稻草也好,可是什么也没有,连一根稻草也没有。

我在撒谎!有一件东西!这不是一根稻草,却是一件或许更有望的东西。然而我已经沉落得很深,不愿意伸出我的手去抓住这根"支柱"了。

我想这是八月底光景的事情。我记得那是一个晴朗的秋天的傍晚。我正在夏园里面散步,就在那儿认识了这根"支柱"。他并未显出有什么特别的地方,不过也许有一点好心的爱讲话的脾气。他几乎把所有他的事情和他的朋友都对我讲了。他有二十五岁,他的名字是伊凡·伊凡诺维奇。至于他本人呢，他不好也不坏。他跟我谈天一直谈下去，好像我是他的一个老朋友似的，他告诉我好些他那位长官的故事，而且他服务的那个机关里的同事们走过这儿的时候，他还把他们一一地指给我看。

他向我告辞走了，我也就完全忘了他。然而大约过了一个月以后他又出现了。他瘦多了，还带着郁闷不乐的神情。他进来的时候我看见这张令人讨厌的古怪的脸，竟然小小地吃了一惊。

"您不记得我吗？"

就在这个时候我记起他来了，我便告诉了他。

他红了脸。

"我以为您也许记不起我了，因为您看见太多的……"

话猝然地中断了。我们坐在沙发上，我坐在一个角上，他坐在另一个角上，仿佛他是头一次到这儿来拜客似的，他坐得端端正正，身子挺得很直，手里拿着他的高帽子。我们这样地坐了好一忽儿。于是他站起来，鞠一个躬。

"再见，娜结兹达·尼可拉也夫娜，"他叹了一口气说。

"您怎么打听出我的名字来的？"我叫起来，我忽然生气了。我在这里用的名字并不是娜结兹达·尼可拉也夫娜，却是叶夫格尼亚。

我非常动气地对他直嚷，把他骇了一大跳。

"不过我并没有一点伤害您的心思，娜结兹达·尼可拉也夫娜。……我从来没有想过或者做过伤害任何一个人的事情。……不过我认识警察局的彼得·瓦西罗维奇，他把您的事情全告诉我了。我本来是要叫您叶夫格尼亚的，可是我的舌头滑了，我就叫出您的真名字来。"

"告诉我您为什么到这儿来？"

他不说一句话，只是悲哀地望着我的眼睛。

"为什么？"我再问一遍，我越来越气愤了。"您跟我有什么关系？不，您还是不要来的好。我不要跟您做朋友，因为我没有朋友。我知道您是为什么来的！那个警员讲的故事使您感到了兴趣。您想——现在有一个稀奇的东西,一个陷到这种生活里面来的受过教育的小姐……您想来救我吗?走开!我不需要什么!我宁愿一个人毁灭,不要……"

我无意间看到他的脸——我便闭了嘴。我看出来每一句话都像一下打击似的在打着他。他并没有说话,可是他的面容使得我住口了。

"再见,娜结兹达·尼可拉也夫娜,"他说,"我非常抱歉,我伤了您,也伤了我自己。再见。"

他伸出他的手来(我只得握了它)。随后他慢慢地走出了屋子。我听见他走下楼梯,我从窗里望见他垂着头用同样慢的摇晃的脚步走过了天井。他走到大门口又掉转身来,朝上望了望我的窗,便走出去不见了。

就是这个人,他是可以做我的"支柱"的。我只要稍微有一点表示,我就可以做一个合法的妻子。一个贫穷然而身家清白的人的合法妻子,并且只要上帝还肯赏赐给我一个孩子的话,我还可以做一个贫穷然而身家清白的母亲①。

## 二

今天叶夫赛·叶夫塞维奇对我说:

"伊凡·伊凡诺维奇,你得听我的话——听我一个老年人现在跟你讲的话。你,我亲爱的孩子,你近来的行为未免有点糊涂。当心不要传到长官的耳朵里去!"

他讲了许久的话(他是在用迂回的方法慢慢地讲到本题上去),他讲到服务,讲到我们的长官因为官职高应该受到的尊敬,讲到我自己,最后讲到我的这桩不幸的事。我们坐在一家娜结兹达·尼可拉也夫娜和她的朋友们常来的小饭馆里面。

叶夫赛·叶夫塞维奇早已注意到,并且早已从我的口中探出了许多的详情细节。我不能够管制我那根愚蠢的舌头,我把事情全吐出来了,而且我差一点哭

---
① 以上是娜结兹达·尼可拉也夫娜的日记。

了起来。

叶夫赛·叶夫塞维奇发了脾气。

"呸！你这个老婆子，你这个心肠软的老婆子！你一个年轻人，一个好的公务员，居然为了那种下贱女人，干出这一切的糊涂事情！快离开她罢！她跟你有什么相干？倘使她是一个正经的清白的女子，那倒不成问题；然而，为着这——倘使我可以这样说的话……"

叶夫赛·叶夫塞维奇甚至于吐起口水来。

在这次的事情之后他常常谈到这个题目上来，（叶夫赛·叶夫塞维奇是真心地怜惜我，替我难过的，）不过他不再对我发脾气了，因为他看出来这使我苦恼。同时，他又不能够长久控制自己，虽然他起初总是用迂回的方法转弯抹角地谈到这个题目，可是他终于达到这一个结论：应当不再干这种糊涂事情等等。

而且严格地说来，我也同意他每天对我讲的那些话。我自己不知道也想过多少次应当不再干这种糊涂事情了。是的，不知道有多少次！而且不知道有多少次我刚刚这样想过之后我就走出屋去，我的脚把我带到了那条街上……她来了，擦胭脂，画眉毛，穿一件天鹅绒的皮大衣，戴一顶海豹皮的帽子，她对直朝着我走来，我连忙走到街的那一面去，为着要跟在她后面不让她觉察出来。她一直走到街角，然后掉转身子，老着脸皮望着行人，有时候也跟他们讲几句话。我在街的另一面跟着她，努力不要让她的面影在我眼前失去，我绝望地注意望着她那小小的身姿一直望到某一个……流氓走到她面前跟她讲话的时候。她回答了他，转过身子跟他一块儿走了，……我也跟着他们。倘使路上撒满了尖利的针，也不能使我比现在更痛。我只顾走着。除了两个人影以外我什么也看不见，什么也听不到。……

我并不注意我是到哪儿去，我只顾往前走，瞪着眼睛，朝过路人身上撞去，自己也受到别人的责备，咒骂，和推挤。有一回我还把一个小孩撞倒在地上。……

他们朝右转弯，过后又向左转弯，他们走进那道小门，到了天井里面。她先进去，他在后面跟着。由于一种古怪的礼节，差不多总是他让她走。然后我跟着进去。她的房间里那两扇窗是我非常熟习的，有一所带干草棚的小屋正立在那窗户的对面。有一段窄小的铁梯通到干草棚，顶上是一个没有栏杆的小小的平台。我在这个平台上坐下来，定睛望着那放下了的白色窗帘。……

今天虽然是个严寒的日子，我还是守在我这个可怕的岗位上。我冻得全身麻木了。我的脚完全失去知觉，可是我仍旧站在那儿。我的脸上冒着气，我的胡须都冻住了，我的双脚渐渐冻僵了。人们不断地从这个天井里进出，可是并没有注意到我，而且他们常常大声谈笑走过我旁边。从街上传来醉汉的歌声（这是一条花柳街），互相咒骂声，看门人①铲雪时铁铲在人行道上起的响声。这一切的声音都进了我的耳朵，可是我并不去管它们，我也不去管那种使我的脸和我的

---

① 看门人：当时俄国每一所房屋都有一个或几个看门人，他们的任务是劈柴、搬柴等等，也得负责打扫房屋前面一段人行道和街道，以及帮忙警察监视房客等等。

麻木的腿发痛的寒气。所有这一切，这声音，我的脚，和这寒气似乎都跟我离得很远，很远。我的腿痛得厉害，可是我的心痛得更厉害。我没有勇气到她跟前去。难道她知道世界上有一个男人只想跟她一块儿坐在一间屋子里头，单单看看她的眼睛，连她的手也不碰一下，就认为这是无上的幸福吗？难道她知道有一个男人甘愿把自己投进火里去，只要这能够帮助她走出她陷在里头的地狱来，而且倘使她愿意走出这地狱的话？可是她并不愿意。……而且我直到现在还不明白为什么她不愿意。我不能相信她已经堕落到不可救药了。我不能相信这个。因为我知道事实并不是这样，因为我了解她，因为我爱她，爱她。①

伊凡·伊凡诺维奇把他的肘拐放在桌上，脸埋在他的手臂里，身子一阵一阵地在打颤，茶房走到他跟前来，轻轻地拍他的肩头。

"尼基丁先生。您不可以这样做……当着众人们

---

① 以上是伊凡·伊凡诺维奇·尼基丁的日记。

的面……老板会大惊小怪的。尼基丁先生!请您起来。您在这儿不可以这样做。"

伊凡·伊凡诺维奇抬起他的头,望着茶房。他一点儿也没有醉,茶房看见他的悲伤的面容,马上就明白这是怎么一回事了。

"并没有什么,西孟——没有什么。给我一瓶烧酒。"

"您还要别的什么吗?"

"别的什么?一个酒杯。给我来一个大瓶。这就是你要的东西,把酒钱给我付清,再留两个二十戈比的银币给你自己。过一点钟叫一部马车把我送回家去。你知道我住的地方吗?"

"我知道……。不过,先生,请问您这究竟是什么意思?"

他显然是不能够了解。在他做茶房的长时期的经历中要说像这样的经验,这还是头一次。

"不,等一下;还是让我自己去办好些。"

伊凡·伊凡诺维奇走到廊上去,穿上他的大衣,走到街上，然后弯进一家酒窖去，那个酒窖的矮矮的玻璃橱窗被煤气灯照得雪亮，窗里有贴着各种颜色标签的酒瓶，它们是很雅致地陈列在一层青苔上面的。一分钟以后他拿着两瓶酒出来，走回他住的地方去，到了那间带家具出租的屋子，他便把自己锁在里面。

## 三

我又忘去了一切，而我又醒了过来。三个星期的不间断的放荡生活！我怎么受得了这个？今天我的头，我的骨头，我的身体的每一部分都在发痛。懊悔，无聊，还有那些没有结果的，折磨人的翻来覆去的思想！只要有人来就好！

好像在回答我的思想一样，门上起了一声铃响。"叶夫格尼亚在家吗？""在家，请进来，"我听见厨娘的声音这样地回答了。于是一阵不平稳的、急迫的脚步声在走廊上响了起来，房门突然开了，伊凡·伊凡诺维奇从门外进来。

他完全不是两个月以前来看过我的那个胆小害羞的男人了。他的帽子歪戴在一边,他打了一根颜色鲜艳的领带,还带着一种傲慢自负的表情。他的脚步摇晃不定,而且他带着很强烈的酒气①。

娜结兹达·尼可拉也夫娜从座位上跳了起来。

"您好?"他开始说。"我是来看您的。"

他在门边一把椅子上坐下来,不摘下帽子,也不脱去大衣。她不说话,他也不讲什么。要是他没有醉,她倒会找出话来说,可是现在她的心已经乱了。她正在想着应当怎样做的时候,他又说话了。

"娜吉亚②!你看,我来了……我有权来!"他突然大声说,笔直地挺着身子站起来。他的帽子落下来了,他一头黑发凌乱地盖在他的脸上,他的两眼放光。他的整个面容都露出癫狂的表情,使得娜结兹达·尼

---

① 以上是娜吉兹达·尼可拉也夫娜的日记。
② 娜吉亚:娜结兹达的爱称。

可拉也夫娜一下给骇住了。

她勉强跟他温和地讲话。

"听我说，伊凡·伊凡诺维奇，倘使您下一次来，我会很高兴的，您现在回家去罢。您已经喝得太多了。好好地听话，回家去。等您酒醒了再来看我。"

"她给骇住了，"伊凡·伊凡诺维奇半自语地喃喃说，他又在椅子上坐下来——他柔顺了！"可是你为什么赶走我？"他又粗暴地说。"为什么？我是由于你的缘故才喝起酒来的；我以前一直是清醒的！告诉我为什么你要把我拉到你跟前来？"

他哭了。醉后的眼泪使他的咽喉哽塞，泪水沿着面颊流下来，落到他那因抽泣而扭歪的嘴里。他几乎说不出话了。

"别的女人都会认为给人带出这个地狱是一桩幸运。我愿意像一只牛一样地给您做事情、当奴隶。您可以无忧无虑、安安静静、光明正大地过日子。告诉我，我做过什么事情会让您这样地恨我？"

娜结兹达·尼可拉也夫娜不作声。

"您为什么不作声?"他嚷起来。"说吧,请您说几句话!——随便您高兴说什么都成,只是请您说几句话。我醉了——这是真的。……倘使我没有喝醉,我就不会到这儿来。您知道我清醒的时候我多怕您吗?您可以随便叫我做任何事情。您叫我偷,——我就偷。您叫我杀,——我就杀。您知道这个吗?自然您是知道的!您聪明,什么事都明白。倘使您不知道这个……娜吉亚,娜吉亚,我心爱的人,可怜我罢!"

他跪倒在她面前。可是她坐着不动,身子靠着墙壁,头朝后仰,两只手藏在背后。她定睛望着远处。她看见了什么吗?她听见了什么吗?她看见这个男人跪倒在她的脚跟前哀求她的爱情,这时候她有什么样的情感呢?怜悯吗?轻蔑吗?她想怜悯他,可是她觉得她不能够。他只引起她的厌恶。而且他在这种可怜的状态里面——又醉,又脏,还做出下贱的样子在哀求,他还能够引动人们的别的情感吗?

他已经有几天不去上班工作了。他每天都喝酒。他在酒里找到了安慰以后,便不常去跟踪他的热情的对象了,他整天坐在家里喝酒,设法鼓起勇气到她那儿,把所有的事全告诉她。他要对她讲些什么话,连他自己也不知道。"我要把什么事都告诉她,我要把我的灵魂打开给她看,"他的酒醉的头脑里忽然起了这一个念头。最后他下了决心,他到这儿来了,并且说话了。就是在这种混沌糊涂的酒醉状态的中间,他也明白他在这儿说的话、做的事一点儿也不能引起她对他的爱,可是他仍然继续说下去,他觉得他多说一句话,他就往下落得更低、更低,而且把他颈项上的套索也拉得更紧、更紧。

他讲话讲得长而且不连贯。他的话越讲越慢,最后他的酒醉的发肿的眼睑闭上了,他把头仰靠在椅背上,他睡着了。

娜结兹达·尼可拉也夫娜还是照先前那样地坐着,茫然地凝望着天花板,用她的手指头弹着糊壁纸。

"我在替他难过吗?不。我能够给他做什么呢?嫁给他?我敢吗?这不是跟出卖我自己一样吗?是的——不,这倒更不好!"

她也不知道为什么这更不好,不过她觉得会是这样。

"现在,我至少是坦白的。随便什么人都可以打我。我不是已经受过了侮辱吗?可是那个时候怎么会好些呢?还不是一样的堕落?只是不像那么坦白罢了。现在他坐在这儿睡着了,他的头向后仰着。嘴张开,脸白得跟死人一样。他的衣服全脏了。他一定是在什么地方摔了跤。他的呼吸声多响……有时候他甚至发出了鼾声。……是的,不过这些都会过去的,他也会再成为一个有自尊心的正派人。不,不是这样。我觉得倘使我让这个人占了我的上风的话,他会拿过去的回忆来折磨我……这是我忍受不了的。不,我还是要照我现在这样……是的,这也不会太久的。"

她拿了一条披肩搭在肩膀上,走出去,砰的一声关上了门。伊凡·伊凡诺维奇被响声惊醒了,用茫然的眼光朝四面看了看,觉得在椅子上睡觉不舒服,便吃力地一歪一拐走到床前,倒在床上,昏沉地睡去了。到了晚上他才醒过来,他觉得头痛,不过人却是清醒的,他看出来自己睡在什么地方,便逃走了。

我走出屋来并不知道要到哪儿去。① 天气不好。是郁闷的阴天。一阵湿雪落在我的脸上和手上。还不如留在家里好,可是我能够跟他一块儿坐在那儿吗?他一定要走到毁灭的路了。我有什么办法挽救他呢?我能够改变我对他的感情吗? 我一想到这个,我的整个灵魂,我的整个内心都起反感而且愤激不安。我自己也不知道为什么,我不愿意利用这个机会结束这种可怕的生活,使我永远脱离这梦魇。万一我跟他结婚又怎样?一种新的生活,一些新的希望……我究竟还怜悯他,这种怜悯心当然也会变成爱情的?

然而不!现在他甘愿舐我的手,可是以后他就会把我踏在脚底下对我说:"你还要反对我,你这下贱的东西!你从前看不起我!"

他会说这样的话吗?我想会的。

有一个拯救我的方法,这是一个很好的方法,我

---
① 这以下全是娜结兹达·尼可拉也夫娜的日记。

早已打定好主意了，而且我想我最后会用它的。不过我觉得现在要用它未免太早。我太年轻。我觉得我还有很多的活力。我想活，想呼吸，想感觉，想听，想看。我想看天空和涅瓦河，哪怕就只有很少的几次也好。

码头在这儿。一边是大楼，另一边是——发黑的、结了冰的涅瓦河。冰不久就会融解，那时河也会成为蓝色了。对岸的公园也在发绿。那些小岛也盖上了绿叶。虽然这是彼得堡的春天，但这究竟是春天啊。

我突然记起了我最后的一个快乐的春天。我那时还是一个七岁的小女孩，跟我的父母一块儿住在乡下，住在草原上。他们不大管我，我可以随自己的意思到处跑。我还记得在三月初河水带着融化了的雪一路上发出响声顺着溪沟流去，草原的颜色也渐渐地加深了，空气变得非常好，潮湿而令人爽快。起初是小山顶上的小草渐渐变绿，让人把山看得更清楚了。随后整个草原都变绿了，虽然沟里和谷里还有些积雪。很快地，就在几天里面，一丛一丛的芍药长出来了，它们简直就像是早已发芽生长，现在才突然从地里冲出来一样，在它们上面开放着鲜艳、美丽的红花。云雀开始在歌唱了。

上帝啊！我究竟做过了什么事情要我在这人世还堕入地狱里面呢？我所身受的一切的确比任何地狱都更坏！

码头的石级一直通到一个在冰上开的洞孔。仿佛有什么东西在逼着我走下这些石级去看河水。然而这不是太快吗？当然是太快了。我还要等一下。

然而站在冰上洞孔的又滑又湿的边缘上一定很愉快罢。要滑脚跌进水里去一定也是非常容易的。只不过是寒冷罢了。……只要一秒钟的工夫——我就会浮在冰底下顺流漂走了。我会用手、脚、头、脸跟上面的冰疯狂地乱打一阵。要知道阳光是不是能够穿过冰射下来，这倒是一件有趣的事。

我不动地站在洞孔旁边，我站了许久，结果我到了一种什么也不想的境地。我的脚早已湿透了，然而我还是不离开这个地方。风并不冷，可是它透澈了我的骨髓，使得我浑身打颤；不过我仍然站在那儿。倘使不是有人在码头上面大声唤我的话，我不知道这情形还要继续多久。码头上面大声唤着：

"喂，太太！小姐！"

我没有回过头去。

"小姐，请您回到人行道上面来！"

在我后面有人走下石级来了。除了人拖着脚走下铺沙的石级的声音以外，我还听见一种不大清楚的响声。我回过头去。下来的是警察，我听见的是他的指挥刀的响声。他看见了我的脸，他脸上的尊敬的表情突然就变成一种粗鲁无礼的傲慢表情了。他走到我面前，捉住了我的肩头。

"走开，你！到处都有你这类的人。你倒会傻到跳进洞孔里头去，那么我就要因为你的缘故丢掉我这个差使了。"

他看见我的脸，知道了我是什么人。

## 四

一切都跟从前一样。要一分钟不感到忧郁，也不可能。我有什么办法可以忘记呢?

安鲁席加给我带来了一封信。是谁写来的?我很久没有接到任何一个人的信了。

娜结兹达·尼可拉也夫娜女士:

我虽然很明白您一点儿也不喜欢我。可是我仍然相信您是一个很好的小姐,您不会愿意伤害我的。这是我第一次也是我最后一次请求您来看我,因为今天是我的命名日。我没有亲戚,没有朋友。我恳求您来。我向您保证我绝不会说一句使您不高兴或者得罪您的话。请您可怜您的忠诚的

伊凡·尼基丁。

再者:——我想到我最近在您的屋子里的行为就不能不惭愧。今天六点钟来罢。我把我的住址附在信内。

伊·尼。

这是什么意思?他居然有勇气写信给我。这里面一定有别的道理。他想怎样对付我呢?我要不要去?

要不要去?——这是很难决定的。倘使他想把我引进一个圈套,不是杀死我就是……不过要是他杀死

我也好，那么一切都解决了。

我要去。

我要打扮得更简单，更素净，洗去我脸上的脂粉。这倒会使他更高兴。我要把我的头发梳成更朴素的样式。我的头发已经落了好多了！我梳好头，穿一件黑呢衣服，戴上白领子和白袖口，披一条黑围巾，然后走到镜子前面去看我自己。

我看见镜子里面的女人跟那个在咖啡店里跳下流舞跳得很好的叶夫格尼亚完全不像，我差一点要哭出声来了。她不是那个不知羞耻的、擦脂涂粉、画眉、画眼睫毛、梳着时髦的高高的假髻的娼妓了。这个憔悴、痛苦、脸色惨白、带着忧郁表情、生一双大的黑眼睛、眼睛上有黑眼圈的女人是一个完全新的人——这不是我了。不过这也许是我。而那个大家都看见、大家都认识的叶夫格尼亚倒是一个奇怪的东西，它在嘲笑我，压迫我，杀我。

我真的哭了。我哭了很久，哭得很伤心。从我小时候起，人们就让我相信：人哭过后便会好过些，然而这不可能是对所有的人全适合，因为我并不觉得好过，却反倒更难过了。每一声呜咽都使我心酸，每一滴眼泪都是痛苦的泪。对那些仍然存着得到安宁、得到救助的希望的人这种眼泪也许可以给一点安慰；可是我有什么希望呢？

我揩干了我的眼泪，出去了。

我毫不费力地找到了他的住处，芬兰女用人把伊凡·伊凡诺维奇的房门指给我。

"我可以进来吗？"我问道。

屋子里起了匆匆关闭抽屉的声音。"进来！"伊凡·伊凡诺维奇连忙大声应道。我进去了。他坐在一张写字台前面，正在封好一个信封。他看见我连一点喜色也没有。

"您好，伊凡·伊凡诺维奇！"我说。

"您好，娜结兹达·尼可拉也夫娜，"他答道，站起来，伸出手给我。等到我把手伸出去的时候，他的脸上突然现出一种喜爱的表情，但马上又看不见了。

他又做出一本正经的样子,甚至于露出严厉的表情。"谢谢您来。"

"您为着什么找我来?"我问道。

"啊呀,您一定知道我多么想看见您!然而这对于您却是一个讨厌的话题。"

我们坐下来,都不作声。芬兰女用人送进来一个沙莫瓦尔(茶炊)。伊凡·伊凡诺维奇给我一点茶叶,和糖。过后他放了一点果酱、饼干、蜜饯和半瓶酒在桌子上。

"请您原谅我的这种'款待',娜结兹达·尼可拉也夫娜。也许这叫您不高兴,不过您不要生气。我恳求您沏好茶,给我们斟上。请吃点东西——蜜饯和酒在这儿。"

我便担任起女主人的职务来,他坐在我对面,特地把他的脸藏在阴影里,他定睛地望着我。我觉得他的眼光定在我的脸上,我觉得我的脸发红。

我把眼睛抬起一忽儿,但马上又埋下了它们,因为他一直在注意地看我的脸。这是什么意思?不用说,这个环境，我这一身素净的黑衣服，而且这里没有那些不知羞耻的人，也没有无聊的谈话——这一切并不曾给我很大的刺激，所以我又变回到像两年前的我那样的一个端庄而带娇羞的少女了。我烦躁起来，我在生我自己的气。

"请您告诉我，为什么您这样鼓起眼睛死死地望着我？"我费力地然而勇敢地说。

伊凡·伊凡诺维奇跳起来，在屋子里走来走去。

"娜结兹达·尼可拉也夫娜，不要像一般人那样。我只求您像您来的时候那样地再待一点钟。"

"不过我不明白您为什么要把我找来。不用说绝不会是单单为了您好坐着望我不说一句话的。"

"是的，娜结兹达·尼可拉也夫娜，只是为了这个。这至少不会使您感到任何特别的麻烦，可是望着您——我最后一次望着您，我却会得到安慰。您这样打扮地到我这儿来，您真是太好了。我倒没有料想到这个，因此我更加感激您。"

"不过为什么是最后一次呢，伊凡·伊凡诺维奇？"

"我要走了。"

"到什么地方去?"

"到远地方去,娜结兹达·尼可拉也夫娜。今天也并不是我的命名日。我不知道我为什么要那样写。我不过想再看见您一面。起初我打算出去,在街上等着遇见您,可是后来我却决定请您到这儿来。谢谢您居然来了。愿上帝赐给您幸福!"

"我的前途并没有什么幸福,伊凡·伊凡诺维奇。"

"不错,这是真的,您并没有什么幸福。可是您比我知道得更清楚:您的前途是什么……"他的声音颤抖起来了。"我倒好得多,"他又添上一句。"因为我要走了。"他的声音抖得更厉害了。

我说不出地替他难过起来。难道我过去对他就只感到厌恶吗?为什么我那么粗暴无情地赶走了他呢?可是现在后悔已经太迟了。

我站起来,开始穿我的衣服。伊凡·伊凡诺维奇好像被刺痛了似的跳起来。

"您就要走了吗?"他用激动的声音问道。

"是的，我得走了……"

"您得走？……又到那儿去吗？娜结兹达·尼可拉也夫娜！是的，还是让我现在马上杀死您好些！"

他低声说出这句话，一边抓住我的一只手臂，一边瞪着眼睛，拿痛苦的眼光望着我。

"是不是这样要好些？告诉我！"

"不过伊凡·伊凡诺维奇，您知道您会为这桩事给充军到西伯利亚去的。我绝不愿意有这种事情。"

"到西伯利亚去！……您以为我单是因为害怕给充军到西伯利亚去，就不能杀死您吗？……不，并不是这个缘故……我不能杀死您因为……然而我怎么能够杀死您呢？我怎么能够杀死您呢？"他哽咽地喃喃说。……"我……"

他捉住我，把我当作小孩似的举了起来，紧紧地搂住我，不停地吻我的脸，我的嘴唇，我的眼睛和我的头发。然后跟他刚才这一切动作同样来得突然地他把我放下来，急急地说：

"好啦，您去罢！……请原谅我，不过这是头一次也是最后的一次。不要生我的气。去罢,娜结兹达·尼可拉也夫娜!"

"我不生气,伊凡·伊凡诺维奇……"

"去吧!去吧!谢谢您到这儿来。"

他送我到房门口,马上就把门锁上了。我走下楼去。我比来这里以前更不好过了。

让他走开,让他把我忘掉。我要留在这儿,活过我这一生。再也不要感伤了。我要回家去。

我加快我的脚步,我开始在想今晚上我得穿什么衣服,并且到什么地方去。我的这段传奇性的故事就这样地结束了,这不过是在滑脚的路上暂时的停留罢了!现在我要毫无阻碍地堕落下去……

"然而倘使他的意思是现在自尽呢?"我突然觉得从我的心里发出来这样的声音。我站住了,好像骇呆了似的。我的眼睛发黑,背脊上起了一阵冷颤。我不能够呼吸了。……是的,这个时候他正在自杀!他用劲关上抽屉——原来他正在看一支手枪。他写了一封信……又说最后的一次。……快跑!也许我还来得及。

上帝啊!阻止他罢!上帝!把他给我留下来罢!

  一种奇怪的死的恐怖抓住了我。我好像着了魔似的拚命往回跑,在过路人中间穿来穿去。我不记得我是怎样地跑上楼去的。我只记得那个给我开门的芬兰女用人的脸上的茫然的表情。我记得那个有一排房门的阴暗的长廊。我记得我怎样扑到他的房门上去;可是我刚抓到门上的把手,房里就起了一声枪响。人们从四面八方跑出来,我觉得一切都在我周围旋转,人啦,走廊啦,房门啦,墙啦。我倒了下去……我的脑子里的一切也都在旋转,随后就完全消失了……

# 军官和勤务兵

"把衣服脱掉！"医生对尼基达说，尼基达正呆呆地站在那儿，不转睛地望着前面。尼基达骇了一跳，连忙去解他的衣服上的钮扣。

"朋友，快一点儿！"医生不耐烦地大声叫起来，"你看得见这儿还有一大堆你这样的人。"

他指着屋子里的一大群人。

"转过身去！……你昏了吗？"那个担任量身体的班长在旁边帮忙地接嘴说。

尼基达动作得更快，他马上脱去他的衬衫和裤子，完全赤裸地站着。过去在某一些时候和某一些地方，有一些人常常说，世界上再没有比人体更漂亮的东西，然而要是第一个说出这种话的人活在七十年代①，并且看见了这个裸体的尼基达，他一定会把他的话收回去。

在兵役委员们的面前站着一个小伙子，他有一个跟他的身子不相称的大肚皮，这是他的祖先们由于好几代都只吃杂粮②的缘故给他留下来的一份遗产；此外还有一对枯瘦的长胳膊，再配上一双又黑又大的多节的拳头。他那段难看的长长的上身下面生了一对膝头向外弯的短腿，他的整个身子上面顶着一个脑袋……这是一个怎样的脑袋啊！脸骨大得超过了头盖骨。他的前额又窄又低，他的眼睛没有眉毛，也没有眼睫毛，它们不过比一条缝稍稍大一点儿。在他那张扁平的大脸上孤单单地安放着一根圆圆的小鼻子，这根鼻子虽然生得高，可是它不但没有给他脸上添一种高傲的表情，而且反倒使他的脸更带可怜相。嘴恰恰跟鼻子相反，它大得很，看起来简直是一个不像样子的裂口，虽然尼基达已经到了二十岁，可是嘴上连一

---

① 指十九世纪的七十年代。
② 原文是"好几代没有尝到了纯粹的面包"。

根胡须也没有。尼基达站在那儿，头埋下，肩膀向前，两只胳膊像鞭绳似的垂在腰间，一双脚稍微朝里。

"猴子，一个十足的猴子！"一个相当肥壮、举止活泼的上校说，他是兵役委员会里的军方首脑，他正俯着身子向一个瘦削的年轻人讲话，这个年轻人长了一部漂亮的胡须，是地方自治会的一位委员。

"这是达尔文学说的一个很好的说明，"地方自治会的官员喃喃地说；上校大声表示他同意这个意见，随后就转身去望医生。

"啊，他自然合格！他身体结实，"医生回答道。

"只是他不会到禁卫军去，哈，哈，哈！"上校说着，没有恶意地大笑起来；然后他掉转头向着尼基达，用平稳的声音添上一句："两个星期以后来报到。"接着："下一个人，巴尔分·谢米诺夫，把衣服脱掉！"

尼基达慢慢地穿起衣服来；他的胳膊和他的腿乱成一团，它们不肯听他指挥。他不停地跟他自己小声讲话，可是他究竟在讲什么恐怕连他自己也不知道。他只明白他们已经宣布他服兵役合格，并且在两个星期以后他们会把他从家里拉开,让他在外面过几年。他的脑袋里装的就只有这个,而且只有这个念头穿过了那种拿他包围在里头的混乱和昏迷。最后他居然有办法叫他的胳膊服从了,他束好了腰带,走出了这间检查体格的屋子。一个六十岁光景的弯腰拱背的小老头儿在过道上迎着他。

"他们取上了你吗?"他问道。

尼基达没有回答,老头儿知道他合格了,便没有再问下去。他们走到了街上。这是一个下霜的晴天。一群农人、农妇站在那儿等待着。许多人在顿脚、在拍打胳膊想保持身体暖和。雪在他们的树皮鞋和靴子下面轧扎轧扎地响,他们的包着头布的脑袋上正在冒气,而且那些把他们从四郊的村子里带进城来的毛蓬蓬的小马也在冒气。

从这个小城的烟囱里出来的烟正在上升,成了一些又直又高的圆柱。

"伊凡,他们取上了你的那位吗?"一个老年人问道,这是一个看起来倒很结实的农人,他穿了一件新的熟皮的上衣，戴了一顶大的羊皮帽子，登了一双上等的靴子。

"他们取上他了，伊里亚·沙威里奇，取上他了。上帝的意思是要教我们受这个损害。"

"那么你现在怎样办呢？"

"还有什么办法呢？上帝的意思……家里有个帮手，现在他走了……而且……"

伊凡用他的手做了一个姿势。

"你本来应当早一点拿他过继的，"伊里亚·沙威里奇带着坚信的样子说，"那么他就会救下来了。"

"谁又早知道呢？我们一点也不知道。他是代替我的儿子的，而且又是家里头的唯一的帮手……我想，为了这个理由老爷一定会答应了。可是他说：'不，不，不可能，因为这是法律。'我说：'大人，这怎么能够是法律呢，他的妻子刚生小孩啊？而且，大人，'我又说，'我不能够，一个……'他说：'不，我们不管这种事，根据法律，照现在的情形来说，他是个孤儿，又只有一个人，所以他必须服兵役。'他又说：

'他有妻子,有儿子。这是谁的错呢?倘使他打定主意在十五岁上结婚——'我想对他解说明白,可是他不肯听我的话,他却发起脾气来。'走,走开,'他说,'即使没有你来打扰,我们的工作也已经够多了……'有什么办法可想呢?……上帝的意思。"

"你的那位是一个沉静的小伙子吗?"

"是的,又沉静,又勤劳,我从没有听见他说过一句争论的话。伊里亚,我对你说……他待我比一个儿子还孝顺。这就是教我们伤心的地方。……上帝差了他来,上帝又把他带走了。……再见,伊里亚·沙威里奇;你的那位呢,他们就要检查他吗?"

"这要看衙门里人的意思……不过他们不能够说我儿子合格。他是个瘸子。"

"这是你的幸福,伊里亚·沙威里奇。"

"啊,可是你这话是怎么说的!讲这种话你不害怕吗?啊,啊,'幸福,'说一个儿子生下来腿残废是'幸福'。"

"嗯,伊里亚·沙威里奇,结果显出来是有好处的；他会永远留在家里。再见，祝你健康啊。"

"再见，朋友……还有那笔小借款怎么样？你忘了吗？"

"不会的，伊里亚·沙威里奇……那是——目前办不到啊。这只是一个小数目；你可以等的，我们现在正碰到这样的灾难。……"

"好的！好的！我们下回再谈它吧。再见，伊凡·彼得洛维奇。"

"再见，伊里亚·沙威里奇，祝你健康啊。"

尼基达在这个时候解开了拴在桩上的马，跟他的寄父一块儿坐到雪车里面，动身回家去了。从这儿到他们的村子得走十五个维尔斯特。那匹小马勇敢地朝前走着，一路上用它的蹄子抛起雪球来，雪球在飞的时候散开了，阵雨似地落在尼基达的身上。可是尼基达默默地躺在他的寄父旁边，拿他的羊皮紧紧裹着身子，不说一句话。老头儿对他讲了两次话，都没有得到他的回答。他好像化成了石头一样，不转睛地呆呆望着雪，仿佛在雪里头找寻他在兵役委员会的屋子里忘了的什么东西似的。

他们回到村子里，立刻就到他们的小屋去，报告消息。这份人家除了两个男人以外，还有三个女人，和伊凡·彼得洛维奇的去年死去的儿子留下来的三个小孩，她们伤心地哭起来。

尼基达的妻子卜拉司科维亚昏厥了。女人们整整哭了一个星期。尼基达是怎样度过了这个星期的，就没有人知道了，因为在这几天里头他始终是一声不响，他的脸上也一直保留着那一副顺从的断念的表情。

这一切终于完结了。伊凡·彼得洛维奇把这个新兵带进城去，亲自把他交到入伍处。两天以后尼基达给编在一队新兵里面，踏着雪顺着大路出发到省城去了，他服役的那个联队就驻扎在省城里。他穿了一件短短的新的短皮袄，一条厚厚的黑料子的裤子，和一双新的毡靴，头上戴了一顶帽子，手上还有一双单是大拇指跟别的指头分开的手套。在他的行李袋里面除了两套换洗的衣服和一些馅饼外，还有一张用手帕小心地包着的一个卢布的钞票。这一切全是他的寄父伊凡·彼得洛维奇给他的，伊凡·彼得洛维奇又向伊里亚·沙威里奇借了一笔钱来给尼基达准备行装。

尼基达显露出来他是一个很差的新兵。那个负责教他初步操练的教官简直拿他没有办法。教官把一切想得到的解释全对尼基达用过了，这里面自然也包含着拳打脚踢，可是他的学生连那个并不困难的排成四列纵队的问题也没有完全弄清楚。尼基达的穿上军服的身形也显得非常难看。他的前面突出一个大肚皮，而且在他努力把肚皮缩进去的时候，他又把胸膛挺出来，同时拿整个的上身向前俯着，做成了一个像要把他脸朝下摔倒在地上的角度。任凭首长们怎样打尼基达，他们要把他造就一个最普通的军人也没有办法。在全连操练的时候，连长把尼基达臭骂了一通以后，还要"申斥"班长，班长又要来痛骂尼基达。对他的处罚是额外的"杂务"。可是不到多久班长就猜到了对于尼基达这并不是处罚，这倒是一种娱乐。他是一个了不起的工人，搬柴、挑水、照料仓库，特别是打扫营房（这就是不停地用一根湿的拖把去拖地板）的职务正合他的胃口。无论如何，在做这种工作的时候他可以不去想怎样才不会走错脚步，怎样才不会听见长官发出"向右转"的命令反而向左边转过去的事情了，而且他平时最害怕的就是关于被士兵们称为"学问"的那种奇妙知识的一些怕人的问题，例如"士兵是什么？""军旗是什么？"等等，现在他完全免掉它们的纠缠了。

尼基达知道得很清楚军旗是什么东西。他准备着以最大的热心来执行他的士兵的义务和职务，而且他倒会牺牲他的性命保卫军旗，但是要他完全照书上写的那样一字不错地背出军旗的定义来，却是他办不到的了。

"军旗是……它军旗，军旗……"他总是这样地喃喃说，拚命挺直他的难看的身子，伸出他的下巴，眯起他那对连一根睫毛也没有的眼睛。

"笨蛋！"那个教课的害肺病的班长就会大声嚷起来。"我是在教你认字吗？你说我还得跟你麻烦多久？你这傻瓜！你这蠢货！呸！……你说我应当给你重复多少遍？现在跟着我念——军旗是一面神圣的旗帜。……"

尼基达要把这几个字重念一遍也不成。班长的那副恐吓的面貌和他的吼声已经把尼基达骇呆了。他的耳朵里响起了铃子的声音，许多颗星星在他的眼前跳舞。军旗的定义他一点儿也没有听进去；他的嘴唇动也不动一下。他站在那儿一声不响。

"说啊；他妈的！军旗是一面神圣的旗帜。"

"军旗，……"

"嗯？……"

"……旗帜……"尼基达声音打颤地继续说，眼睛里包了一眶泪水。

"是一面神圣的旗帜！"发了脾气的班长大吼道。

"神圣它……"

这时候班长就会从一个角落到另一个角落地冲来冲去。一面吐痰，一面咒骂，而尼基达却完全沉默地站在原地方，并且连姿势也不改变一下，他只是拿眼光跟随着他的上司。这些像骤雨一样落在他的身上的咒骂和诨名并没有使他狼狈、难过,教他真正伤心的倒只是他办不到他的上司吩咐他做的事情。

"三天额外的职务!"这位疲乏不堪的班长用一种吼哑了的声音喘息道,尼基达在这时候就会感谢上帝使他至少在短时期内免掉了那个可恨的"学问"和操练了。

后来人们发觉这种处罚不但没有使尼基达感到痛苦,反而给了他真正的快乐,他们便拿他拘禁起来。首长们用尽了一切的方法都没有能够把这个不幸的人改造得了,最后他们只好放手不管他了。

"对伊凡诺夫实在无法可想,"上士每天早晨向连长报告的时候,他差不多总要加上这句诉苦的话。

"伊凡诺夫的事情吗?……啊,不错。让我想想看,他在干些什么事情?"上尉连长会发出这样的问话,他穿着睡衣坐在那儿,慢慢地从一个放在电镀茶托里的玻璃杯中喝一两口茶,一边又抽起一根纸烟来。

"报告官长,他没有干事情;他什么事情都没有干。讲起来,他这人倒是很沉静的,只是他什么也不懂。"

"想点办法试试看,"上尉连长会沉吟地说,他一面吐起烟圈儿来。

"报告官长,我们已经试过了,可是毫无结果。"

"唔!我拿他又有什么办法呢?你至少得承认我不过是一个平常人,我不能够弄出奇迹来。嗯?那么,笨蛋,给他想点办法……滚出去!"

连长听惯了班长每天的关于尼基达的诉苦话,也终于听得厌烦了。

"不要再讲你的伊凡诺夫!"他吼起来。"不必再想去教育他;放弃他罢。随你高兴怎样对付他好了,只是不要把他带到我跟前来。"

班长又在设法想把尼基达·伊凡诺夫调到"雇用"兵的连里去,可是"雇用"兵已经太多了。他又想把尼基达派去做勤务兵,也没有成功,因为所有的军官都有了勤务兵了。这以后营里面的一切龌龊的工作都派给尼基达去做,也不再有人打算把他训练成一个兵了。他就这样地过了一年,一直到新任的副官司节别尔科夫二级中尉来就职的时候。

尼基达被派作他的"长期的传令兵"——照普通的说法,就是他的勤务兵。

尼基达的新主人亚历山大·米海罗维奇·司节别尔科夫是一个非常和善的普通身材的年轻人,下巴剃得光光,蓄着漂亮的尖尖的唇须,他时不时地带着骄傲的感觉用他的左手轻轻去抚摩它。他刚刚从军官学校毕业出来,他在校的时候并没有显露出对于学问的特殊的爱好,可是他却把操练记得很熟。他对他的现在的位置非常满意。过去他受着学校当局的严格的监督,靠着官费在学校里念了两年书,在那时期中他并没有一个朋友,可以让他在假期内去拜访,好给他消除学校里那种兵营生活的单调,而且他身边又没有一文自己的钱,可以让他花在娱乐上面——这一切都使他厌烦极了;现在他做了一个月薪四十卢布的军官,有半连兵受他的指挥,还有一个勤务兵归他任意差遣,他至少是头一次地感到满足了。"好,很好,"他上床睡觉的时候,他这样想道。第二天早晨醒来时,他又最先记起来他不再是一个军校学生,他是一个军官了,他再也用不着担心值日军官来干涉,马上跳下床来穿衣服了,现在他可以在床上翻来滚去,舒舒服服地躺着,还可以抽一根纸烟。

"尼基达!"他会喊道。这时尼基达穿一件褪了色的粉红棉衬衫和一条黑布裤子,赤脚上穿一双又大又旧的橡皮套鞋(天知道他是怎样把它们弄到手的),就会在从司节别尔科夫的单间屋子通到走廊上的门口出现了。

"今天冷吗?"

"报告官长,我说不出,"尼基达会战战兢兢地回答道。

"你去看看!回来跟我说!"

尼基达就会走到寒冷的露天里去,过了一分钟他又会走回来。

"很冷,先生。"

"有风吗?"

"报告官长,我说不出。"

"蠢东西!你为什么说不出呢?你一定到过院子里头罢。"

"天井里头没有风,先生。"

"没有。……到街上去看。"

尼基达就会走到街上去,并且会带着情报回来说外边有一种"健康的"风。

"没有检阅,先生,西多洛夫是这样说的,"他还会大胆地加上一句。

"好的;滚开!"过后亚历山大·米海罗维奇就会在他的铺上翻一个身,拉起那幅暖和的床毯盖在自己的身上,一面打瞌睡,一面听着尼基达生起来的火炉里面燃得正旺的木柴的噼噼啪啪的响声,想起过去的往事来。军校的生活好像是一场不愉快的梦,虽然前不多久鼓声还一直在他的耳跟前响着,他也还不得不从床上跳下来,冷得浑身打颤。……这些回忆又会唤起其他的回忆来,它们也是不怎么愉快的。贫穷,一个小公务员的肮脏的环境和生活,一个平常总是绷着脸的母亲,她是一个瘦长的女人,她的瘦削的脸上常常带一种严肃的表情,看起来这好像是对任何一个敢于冒犯她的人的长期的挑战。他有一大群兄弟姊妹;他们吵来吵去就一直没有断过。他的母亲不断地咒骂命运,每逢他的父亲喝了酒回到家里夫妻两个照例要大吵一通,骂出种种恶毒的话来。在学校里不管他怎样用功,总是念不好书。同学们时常拿他开玩笑,而且不知道为了什么缘故,他们给他起了那个极其侮辱的外号"青鱼"。在俄文大考的时候,他又没有及格。他因此被学校开除,含着眼泪回到家里,这种叫人气闷的、丢脸的情景他还记得很清楚。他的父亲喝得醉醺醺的在沙发上睡着了。他的母亲正忙着厨房里的事情,在炉子前面烧午餐。她看见沙夏[①]含着眼泪带了书回家,她猜到了这是怎么一回事,她把他痛骂了一顿之后,便冲到他的父亲跟前,唤醒他的父亲,把那件事情详细地说明白了,他的父亲马上就把他打

---

① 沙夏:亚历山大的爱称。

了一顿。

沙夏那时只有十五岁。两年以后他便报名入伍作一个志愿兵,现在在二十岁的年纪,他就已经是一个自立的人,一个步兵团里的二级中尉了。

"这很好,"他会睡在毯子下面这样想道。……"今晚上在俱乐部里有跳舞会。"

于是亚历山大·米海罗维奇就会给自己描绘出这样的场面来:军官俱乐部的大厅里灯烛辉煌、光明、温暖,而且有音乐,小姐们顺着墙坐成一长排,只等着年轻的军官来请她们去跳几转华尔兹舞。司节别尔科夫就会卡塔一声把两只脚的后跟碰一下(妈的,真可惜!他叹了一口气,可惜他不能够带踢马刺),向着少校的美丽的女儿漂亮地弯下身子,优雅地把手一挥,用法国话说了一句"请答应我",少校的女儿就把她的小手放在他的肩上挨近肩章的地方,他们就会滑进场子里去了。……

"不错,这并不是一个'青鱼'——多么傻,而且为什么是一个'青鱼'呢?那些刚进大学听课的人倒更像青鱼,到那儿去,挨着饿,可是我……。为什么到大学去是绝对必需的呢?我们赞成地方官或医生比我拿更多的薪俸,不过想想看要拿到地方官或医生的薪俸需要多少长的时间!……而且在那些时间里头得花自己的钱。可是拿我们的情形来说,只要你进了学校,什么事都用不着你自己管了。要是当差当得好,我们也有升为将军的可能。……啊,那时我就会给它……"亚历山大·米海罗维奇并没有说出他会给什么东西并且拿给什么人,因为"青鱼"之外的其他的回忆这个时候来到他的心头了。

"尼基达,"他唤道,"我们还有一点茶叶吗?"

"一丁点儿也没有了,报告官长,——全用光了。"

"出去买一点儿来;"这时他会从枕头底下摸出他的新钱包来,把钱给了尼基达。尼基达出去买茶叶的时候,亚历山大·米海罗维奇又接着幻想下去,然而还没有等到尼基达回来,他又已经睡着了。

"先生!报告官长!"尼基达小声地说。

"什么?喂?你买好了茶吗?好的,我马上就起来。……给我穿衣服。"

亚历山大·米海罗维奇从前在家和在学校的时候总是自己穿衣服（自然除开他做婴孩的时候），可是等到他有了一个听差以后，他过了两个星期，就完全忘记了穿衣脱衣的事情了。尼基达给他的主人穿上袜子和靴子，帮忙他穿上裤子，并且把那件当作睡衣使用的夏季军人斗篷披在主人的肩上。亚历山大·米海罗维奇并不先洗脸就坐下来，喝他的早茶了。

人们送来石印的团部的命令，司节别尔科夫把它从头到尾读了一遍，他看出来他的"值班"的日期还很远，他很满意。"然而这个新闻是什么意思呢？"他读到下面一段消息时，他不觉想道：

兹为维持本团官佐之知识标准起见，特派叶尔莫林上尉与彼得洛夫中尉（副）担任从下周开始之学术讲座，叶尔莫林上尉讲授战术，彼得洛夫中尉讲授筑城术。讲演地点在军官俱乐部内，时间以后特别通知。

"好！天知道，我猜想我得去听，"亚历山大·米海罗维奇想道。"在学校里头他们就够教人讨厌了，现在他们也不会讲什么新的东西，就只会把旧的教本拿出来念念罢了。"

亚历山大·米海罗维奇念完了命令，喝完了茶以后，叫尼基达把沙莫瓦尔收去，他便动手卷起纸烟来，一面继续在想他那永远想不完的他的过去、现在和未来的种种事情，未来纵然不会使他变成一位便便大腹的将军，至少会给他一位参谋的实在的肩章。等到他卷完了所有的纸烟以后，他又躺在他的床上，读起旧的《田地》杂志来，他望着那些他已经看熟了的插图，并且连一行文字也不漏掉。后来因为他躺得太久，读得太久的缘故他觉得头昏眼花了。

"尼基达！"他大声叫喊。

尼基达把大衣铺在走廊里靠近火炉的地板上当作床铺，正睡在那上面，便连忙从大衣上跳起来，跑到主人的跟前去。

"你看看是什么时候！……不，还是把我的表拿来罢。"

尼基达小心谨慎地从桌子上拿起一只带着新的金

表链的银表,把它递给他的主人,便又回到走廊里他的大衣上面去了。

"一点半钟……吃饭的时候就到了,"司节别尔科夫想道,他用一把他刚刚买来的黄铜钥匙上了表,在这钥匙的头上嵌了一张小小的照相,要是拿到光下面看,便可以看到放大的形象。亚历山大·米海罗维奇眯上他的左眼望着照片,微微笑着。"的确现在他们做出一些非常有趣的东西,"他想道,"而且多么聪明……不过,我得走啦……尼基达!"他大声叫喊。

尼基达来了。

"我要洗脸。"

尼基达端了一个没有漆过的松木矮凳进屋子里来,把一个脸盆放在矮凳上面。亚历山大·米海罗维奇动手洗脸。冰冷的水刚刚挨到他的手,他马上就嚷起来:

"你这笨蛋,我不是跟你讲了好多次,叫你头天晚上把水放在屋子里吗!这盆水冷得可以冻上人的脸了。……白痴!"

尼基达完全明白自己的罪太大了,便不做声,只顾忌着把水倒在发脾气的老爷的手掌心上。

"你刷过了我的军服吗?"

"是的,报告官长,我刷过了。"尼基达回答道,他递了一件新军服给他的主人,这件军服本来挂在椅背上,有着发亮的金肩章,肩章上有一颗星和一个数字。

亚历山大·米海罗维奇在穿上军服之前,还仔细地把那深绿色的呢料检查一番,他在上面找到了一根细毛。

"这是什么?你把这叫做干净吗?你的工作就是这样做法吗?你这浑蛋,滚出去,把它再刷一遍。"

尼基达便到走廊上去,他靠了军服的帮忙,公然在刷子上挤出所谓"嘘"的声音来。司节别尔科夫靠了一面黄色木头框子的摺镜和匈牙利发油的帮忙,动手梳他的唇须,要把它们梳得尽可能地整齐漂亮。最后他的唇须梳好了,可是走廊上的响声还没有停止。

"喂,把军服给我;你会一直刷到世界末日的……我的事情已经让你耽误了,你这蠢驴!……"

亚历山大·米海罗维奇便仔细地扣好他的上衣，系好他的军刀，穿上他的套鞋，然后走到街上，脚步声橐橐地顺着结了冰的路走远了。

亚历山大·米海罗维奇把这一天的剩余的时间花在吃饭、读《俄国废兵》、跟他的同袍军官们谈论当差、升官和薪俸的事上面。到了晚上他就到俱乐部去，跟少校的女儿一块儿跳华尔兹的旋舞。他回家迟，很疲乏，因为晚上喝过一点酒还有一点儿兴奋，不过他很满足了。……他的生活里的变换就只有这几样：操练、值班、夏天露营；有时候还有演习，偶尔还有不能不去听的关于筑城术和战术的讲演。岁月就这样地过去了，在司节别尔科夫的身上并没有留下一点儿痕迹，除去他脸上的颜色有了改变，而且秃头的征象也已显露了，同时他的肩章上面的星从一颗变成两颗、三颗，后来又是四颗。……

这些时候尼基达究竟在干什么呢？尼基达多半都是躺在靠近火炉铺开的大衣上面，每隔几分钟他就要跳起来一次去回答他主人的没完没了的呼唤。早晨他要做很多的事情。要生火炉、烧沙莫瓦尔、打水来、擦皮靴、刷制服，主人起床的时候伺候他穿衣服，然后扫地、收拾屋子。（其实最后的一项并不需要许多时间，因为屋子里的全部家具就只有一张床，一张桌子，三把椅子，一个食橱和一个旅行箱。）然而这就是尼基达的全部的工作。等到他的主人出去以后，一个被强迫着不做一事的长长的日子就开始了，这中间他只有一桩事情，就是到营房去，在连部厨房里拿他的包饭。尼基达从前住在营房里的时候，学会了一点修鞋补靴的小手艺——补靴子，换靴底、修补后跟，他全会。等到他奉调伺候司节别尔科夫以后，他还想继续干他的这行手艺，每次他听见有人在敲门，他总是马上把那个放他的家伙的提包藏在走廊上的门背后。主人好几天来就觉察到走廊上有一股很浓的牛皮气味，他追究出原因来，给了尼基达一顿臭骂，然后命令"以后不许再有这种事情"。这以后尼基达除了躺在他的大衣上面胡思乱想之外，就无事可做了。他常常躺在那儿整晚地想来想去，居然打起瞌睡来了，门上的一下叩声惊醒了他,告诉他他的主人回来了。随后尼基达便伺候亚历山大·米海罗维奇脱了衣服,不到一忽儿工夫,这个小小的套间就让黑暗埋藏了——军官和勤务兵两个人全睡着了。

风在吼,飞旋的雪花打着窗户,在睡熟了的司节别尔科夫的耳朵里听来,这一切都成了跳舞厅的音乐了。他在睡梦中看到一个他从未见过的灯烛辉煌的大厅,里面满是衣服穿得很漂亮的陌生客人。然而他一点儿也不发慌着忙,刚相反,他倒是这个晚上的英雄。大厅里也有他认识的人。他们对待他的态度跟往常完全不同,他们现在待他非常殷勤。他的上校也不像从前那样,只伸出两根指头给他,现在却热烈地用那肥手紧紧捏住他的手了。黑罗布兴少校平日看见司节别尔科夫追求他的女儿,总是不高兴地斜起眼睛望着,现在他亲自把女儿领到他面前,恭敬地向他鞠躬。他究竟做过了什么事情,他们为着什么这样崇拜他,他自己完全不知道,不过他显然是做过了什么大事情。他瞟一眼自己的肩头,他看见肩上佩着将军的肩章。

音乐又奏起来，一对一对的人踏起舞步滑走了，他自己也飘走了，越飘越远，越飘越高。灯烛辉煌的大厅只成了一个远远的光点。一大群穿着各种各样的制服的人围着他。他们全在要求他发命令。他不知道他们要求的是跟哪一类的事情有关的，不过他仍然在指挥发令。一些传令兵骑着马跑到他跟前来，接着又跑开了。听得见远处的炮声。军乐奏起来了，一团兵接着一团兵在他面前走过去。他们全朝前走。枪声越来越近，司节别尔科夫给骇了一跳；"他们在杀人，"他想道。四面八方都是可怕的叫声。许多他从来没有看见过的骇人的、怪相的、凶恶的东西一齐朝他冲过来。他们越来越近；司节别尔科夫让这种只有在梦中才会经验到的形容不出的恐惧骇得心都缩紧了，他大声叫起来："尼基达！"

风在吼，飞旋的雪花打着窗户，在睡熟了的尼基达的耳朵里听来，这却是真的风，真的坏天气了。他梦见他一个人躺在自己家中那个小屋里面。他身边没有一个人——妻子不在，父亲不在——没有一个他的亲人。他不知道他是怎样回到家里的，他担心他一定是逃回来的。他相信他们在追他，他觉得他们已经近了，他想跑开，在什么地方藏起来，可是他不能够动一下他的手脚。他便大声叫起来，于是整个小屋都挤满了人，全是他的村里的熟人，然而他们的面貌全是特别的。"尼基达，你好？"他们对他说。"朋友，你的亲人全去了！上帝把他们全带走了。全死了。他们就在那儿；你看那儿！"尼基达看见他全家的人在一块儿——伊凡、伊凡的妻子，和卜拉司科维亚，还有小孩们。他明白了，虽然他们都站在一块儿，可是他们全死了，而且所有他的村里的朋友也全死了。所以他们的样子都是很古怪的，而且他们笑得也很奇怪。他们朝着他走来，拉住他，可是他用力挣开了，他带摔带跌地在雪地上跑着。死人不再追赶他了，现在是司节别尔科夫带着兵在追他。他不停地拚命往前跑，中尉不断地在后面叫他："尼基达！尼基达！尼基达！"

"尼基达！"司节别尔科夫真的发出这样的叫声，尼基达给惊醒了，连忙跳起来，在黑暗中摸索着光着脚走进了屋子。

"你在干吗?他妈的!你是在作弄我,还是怎么的?我不是跟你讲了好多次,叫你放点火柴在我手边吗?你睡得跟死人一样!我整整喊了你半个钟头了。给我拿点火柴来。"

还没有睡醒的尼基达在桌子和窗户那儿瞎摸一阵,最后他找到了火柴,点燃那个因为铜锈而变绿色的黄铜烛台上面的一根蜡烛,他一直眨着眼睛把烛台递给他的主人。亚历山大·米海罗维奇抽了一根纸烟,过了一刻钟的光景,军官和勤务兵又落在深沉的睡眠中去了。

# 癞虾蟆和玫瑰花

从前在这个世界上有一朵玫瑰花和一只癞虾蟆。

开放这朵玫瑰花的矮树生长在乡间别墅门前一个并不很大的新月形花坛上面。这花坛显得非常凌乱。它的陷下去的表面上密密地长满了草和莠草；这些草还长满在那些好久就没有人扫过也没有铺过沙的小路上。有一个木头搭的棚架，从前上过绿色的油漆，现在颜色已经脱尽，连架子也已腐朽，塌了下来。这个棚架上的长木桩大半被乡下孩子们拔出来，拿去玩装扮军人的游戏，或者被那些到这别墅来的农人拿去对付院子里那条凶狗了。

可是这种荒凉的境况并没有使花坛受到损失。滋生的忽布藤缠在棚架的断桩碎木上，白色大旋花杂在中间开放。架上悬垂着金雀花的浅绿色枝子,枝上开着一串串淡紫色的花朵。花坛的四周是一个背阴的大园子,在那潮湿的沃土上生长着多刺的蓟,它们长得非常茂盛,看起来简直是树木了。黄色的毛蕊花把那些开满花朵的嫩枝伸得更高。荨麻占据了花坛的一个整角。自然它们刺痛人,不过远远看来,人倒会赞美它们的浓密的绿叶,尤其是在这些绿叶给一朵柔嫩可爱的浅色玫瑰花做了陪衬的时候。

这朵玫瑰花是在五月里一个美丽的早晨开放的。在它打开它的花瓣的时候,朝露还不曾消去,便趁这时机留下几滴透明的泪珠在花瓣上,使得玫瑰花现出哭的样子。不过在这个天气清朗的早晨,玫瑰花第一次看到蓝天,第一次受到晨风的吹拂,第一次受到灿烂阳光的抚弄,它的薄薄的花瓣因而染上淡红色的时候,四周的确是十分美,十分干净,十分亮。花坛上的一切全是极和平、极安静的,所以要是这朵玫瑰花真的能够哭的话,它一定不是因为悲伤,倒是因为生的欢乐哭了起来的。它不能够讲话;它只能够埋着头散发出清新的香气,这香气同时是它的话语,它的眼泪,它的祷告。可是在它下面,这阴湿地上的玫瑰树丛中有一个癞虾蟆窝,那只确确实实是又肥又老的癞虾蟆坐在那儿,①好像它的扁平的肚皮粘牢在湿地上面一样,它总是整夜出去找寻蠕虫、蚊蚋,可是等到天一亮,它就选好非常荫凉、非常潮湿的地方,坐下来休息了。它通常总是坐在那儿,它那一对有着膜质眼皮的虾蟆眼睛紧紧地闭着,它的差不多看不出来的呼吸使得它那暗灰色的生着倒毛的、粘搭搭的肚皮鼓胀起来,它的一只很难看的脚爪伸在外面。它也懒得把它缩回。灿烂的早晨的太阳和明媚的天气,它不会欣赏。它吃饱了,只想休息了。可是在微风偶然停了一下、玫瑰花香不飘散在一边的时候,癞虾蟆也闻到这香气了,这使它起了一种说不清楚的不安的感觉。然而它好久都懒得去看,去注意这个香味是从什么地方来的。

---

① 这句话的原文是:湿地上玫瑰树的"住处"中间……坐着那个确确实实是又肥又老的癞虾蟆(直译)。

很久就没有一个人到过这个生长玫瑰花而且有癞虾蟆窝的花坛了。远在去年秋天，也就是在癞虾蟆发见了这所房屋底层一块石头下面一个很好的缝隙，决定把它当作它冬天的住处的那一天，一个小孩子最后一次来看这个花坛，整个夏天里面只要是天气好的日子，这个小孩都要出来坐在花坛这儿。一位小姐，就是他的大姐姐，总是坐在窗前念书，或者做针线活，她时不时地抬起头望她的弟弟。他是一个七岁的小人儿，有一双大眼睛，在他的瘦小的身子上面长着一个大脑袋。他很喜欢他的花坛。这个花坛可以说是他的，因为只有他一个人常常走到花园里这块荒凉地方来，他坐在阳光里一把很旧的木头椅子上面，这把椅子安放在一条从前铺过沙的干燥的小路上，这条小路是环绕着房屋的，用人们去关百叶窗的时候，总是走这条小路，他坐下来以后就拿起他带来的书念着。

"瓦夏，你要我把皮球丢给你吗？"他姐姐会大声问他。"也许你高兴玩皮球罢？"

"不，马霞，我还是就这样地念书好些。"

他就会坐很久，一直在念书。后来他念鲁滨孙[①]一类人的故事，念一些未开化的地方的故事，念海盗的故事，念得疲倦了，他就把书放在椅子上，仍旧让它摊开，自己走到花坛上面花木茂密的地方去。他认得出每一丛灌木，而且差不多连里面的每一根杆子他都认得清楚。他会蹲在一种有他身子三倍高而且长满了带毛的、有白点的叶子的灌木的粗梗子跟前，一连几个钟头望着地上的蚂蚁的世界，那许多蚂蚁正在忙碌着处理它们的牲口（昆虫的幼虫）；他注意着这些蚂蚁怎样巧妙地敲那些顺着昆虫背上突出来的细管子，一点一滴地采集那些细管子头上的甜汁。他又会专心看着粪虫在一个地方热心忙碌地滚它的球。他又会注意着一只织好了它那巧妙的彩虹一样的蛛网的蜘蛛坐在网上等待苍蝇飞来，或者一只正在晒太阳的蜥蜴张开它那迟钝的小小牙床，背上小小的绿色鳞也在闪光。有一天傍晚他真的看见了一只刺猬。他差一点要忍不

---

[①] 鲁滨孙（Robinson Crusae）：英国小说家笛福（1661—1731）名著《鲁滨孙漂流记》的主人公，小说中描写的是他一个人在荒岛上的生活。在它之后出现了不少这一类的"冒险小说"。

住他的欢喜,他快要拍手叫出声来了;可是他害怕会吓走这个满身是刺的"小东西",他连忙屏住呼吸,快乐地睁大眼睛,出神地注视着它怎样一边发出嗯嗯的小声音,一边用它那猪形的鼻子去闻玫瑰树的树根,寻找小虫做它的食物,它用它那跟熊的脚爪一样可笑的肥肥的小脚爪走路走得多么滑稽。

"瓦夏,亲爱的,现在,进来罢;有湿气了!"他的姐姐在大声唤他。

刺猬听见人声,吃了惊,连忙用它身上那件带刺的全毛大衣套住自己的头和后脚爪,把自己变成一个圆球。小孩静静地轻轻摸它身上那些刺,这个小动物把自己缩得更紧了,它大声急促地在喘气,就像是一架小小的蒸汽机似的。

后来小孩跟这个刺猬做了朋友了。他是一个非常斯文、细心、沉静的小人儿,连各种不同的动物好像都了解他,而且不要多久就跟他相熟了。可以想象到:他看见刺猬尝着他(花坛主人)用茶碟盛来的牛奶的时候,他多高兴。

今年的春天小孩却不能够出来,到他所喜欢的这个角落来了。他的姐姐还是跟从前一样坐在他旁边,不过她不再坐在窗前了,她坐在他的床前。她在念书,她不是为她自己在念书,她大声念书给她的弟弟听,因为他现在要从白色枕头上抬起头来,也感到困难了,他的消瘦的小手连一本最小的书也拿不稳了。而且他要是念书,眼睛很快就会疲倦了。他多半永远不会再到他心爱的花坛来了。

"马霞!"他突然地低声唤他的姐姐。

"什么事,亲爱的?"

"我的花园里头现在好看吗?玫瑰花开了吗?"

他的姐姐埋下头去,吻他的雪白的脸颊,暗暗地擦去了一滴眼泪。

"很好看,宝贝儿,很好看。玫瑰花开了。星期一我们一块儿出去到那儿去。大夫会让你去的。"

小孩不回答,他重重地叹了一口气。他的姐姐又给他高声念起书来。

"够了。我倦了。我倒想睡。"

他的姐姐给他放好枕头，铺好白被单，他很吃力地翻一个身，侧起身子躺着不作声了。太阳光透过面向花坛的窗户照进来，把灿烂的光线射在床上，射在这个躺在床上的瘦小的身影上，照亮了枕头和被单，而且把孩子的剪得短短的头发和消瘦的颈项也镀上金色。

玫瑰花对这事情一点儿也不知道。它长起来，而且还长得更漂亮了。下一天它就会盛开，第三天它就要开始凋谢、落下花瓣了。玫瑰花的一生便是这样。然而就是在这短短的一生中，它还是命定了要受到不小的惊恐，感到不小的悲哀。

癞虾蟆注意到它了。

癞虾蟆用它那凶恶、丑陋的眼睛第一次看到这朵花的时候，有一种奇怪的东西把它的癞虾蟆的心搅动了。它不能够离开这些娇嫩的玫瑰花瓣，它一直不停地凝望着它们。玫瑰花对它的吸引力是太大了，它愿望跟这样一个芳香、美丽的东西挨得更近些。可是为了表示它的爱情，它再也想不到比这更好的话了：

"等一下,"它阁阁地说。"我要吞掉你。"

玫瑰花骇得打颤。为什么它就拴在一根梗子上面呢?鸟是自由的,它们一边在树枝间飞来飞去,一边在它四周快乐地唱歌。它们有时候还去得远远的,飞到玫瑰花不知道的地方去。蝴蝶也是自由的!它多么羡慕它们!只要它是一只蝴蝶就好了!那么它就会飞起来,躲开那一对恶狠狠地望着它的凶恶的眼睛了。玫瑰花不知道癞虾蟆有时候也会拦路抓住蝴蝶吃掉的。

"我要吞掉你!"癞虾蟆重复地说,一直望着花。这个可怜的植物看见那些丑恶的、有粘性的、粘搭搭的脚爪紧紧抓住它长在上面的灌木的枝子,它多害怕。然而,癞虾蟆要爬上树枝也不是容易的事。它的光滑的身子只能够在平滑的地上爬爬、跳跳,不费力气。它每一次朝着花努力爬了一回之后,就会仰起头不转睛地望着花朵悬垂的地方,这时玫瑰花骇得浑身打颤了。

"啊,天啊,"它祷告说,"我只求能够得到另外一种死法!"

可是癞虾蟆仍旧继续在往上爬。不过等它爬到老枝子没有了、新枝子接上来的地方,它就得受点苦了。玫瑰树的光滑深绿的树皮上长满了又尖又硬的刺。癞虾蟆的脚爪和肚皮就一直碰着那些刺,它跌在地上,满身是血。它怀着憎恨地盯住花。

"我说过我要吞掉你,我会的!"它重复着说。

到了傍晚。是应当想到晚饭的时候了,这个受伤的癞虾蟆没精打采地慢慢走着,一路上捉住一些碰到它手边来的粗心的小虫。憎恨并没有妨碍它照平常那样地喂饱肚子,而且它伤得并不厉害,它打定了主意,等它好好地休息一番以后,再去试一下捉那朵它所恨的,而又十分打动它的心的玫瑰花。

它休息了很长的时间。早晨来了,中午也过了,玫瑰花也差不多忘记了它的仇敌。它现在盛开了,它是花坛上最美的东西了。可是并没有一个人来赞赏它。这块地方的小主人已经躺在床上不能动弹了。他的姐姐一直就没有离开他,她也不到窗前来了。只有小鸟和蝴蝶还在玫瑰花的四周飞来飞去,蜜蜂们嗡嗡地嚷着飞来，有时候还在花朵里面坐下一忽儿，带了满身的黄粉飞走了。一只夜莺飞了下来，歇在玫瑰树上，唱它的歌。这跟癞虾蟆的喘气声多么不同！玫瑰花听见歌唱，它很高兴。它觉得夜莺是在唱歌给它听，也许它是对的。它没有看见它的仇敌正在爬上树枝来了。这一次癞虾蟆并不顾惜它的脚爪和身子了。它满身染了血，可是它还勇敢地更往上面爬；在夜莺的响彻花坛的婉转的歌声中间，玫瑰花忽然听见了那个熟习的喘气声：

"我说过我要吞掉你——我就要吞掉你！"

它那一对癞虾蟆的眼睛从邻枝上望过来，盯住了玫瑰花。这个凶恶难看的东西只要再动一下就可以捉到花了。玫瑰花明白死就在眼前了⋯⋯

小主人早已静静地躺在他的床上了。他的姐姐头向后靠地坐在一把圈手椅上，她以为他睡着了。一本摊开的书放在她的膝上，可是她并不念它。她的头渐渐地垂了下来，这个可怜的少女有几夜没有睡觉了，她一直没有离开她的生病的弟弟，现在她在打瞌睡。

"马霞！"他突然小声地唤她。

他的姐姐小小地惊了一跳。她梦着她坐在窗前。她的小弟弟像在去年一样地在他的花坛上玩着，他在唤她。她睁开眼睛。看见他在床上，又瘦又弱，她不觉叹了一口长气。

"什么事，最亲爱的？"

"马霞，你告诉我玫瑰花开了。你能够给我……一朵，就只一朵吗？"

"宝贝儿，我当然能够。"

她走到窗前，望望玫瑰花。有一朵花，这是一朵出色的玫瑰花。

"有一朵玫瑰花，它好像是特意为着你开放的，它多美！你要我去把它摘来，给你放在这儿桌子上，一个玻璃杯里头吗？是不是这样？"

"是的，放在桌子上。我要它。"

少女拿了一把剪刀，走到花园里去了。她好些日子没有出过房屋。太阳使她睁不开眼睛，新鲜空气倒叫她感到头晕,她凑巧正在癞虾蟆要捉住玫瑰花的那个时候赶到了树跟前。

"啊,多讨厌!"她大声说,便捏住枝子用力摇了一阵。癞虾蟆就肚皮挨地跌在地上了。它愤怒地向着少女扑过去,可是它不能够跳得比她的衣裾更高,而且它马上就给她的拖鞋尖踢得飞了起来。它不敢再试第二次,只好远远地望着她怎样小心地剪下玫瑰花,把它拿进她的弟弟的屋子里去。

小孩看见他的姐姐手里拿着玫瑰花,他虚弱地微笑了,这是好些天来他头一次笑,而且他吃力地把他的瘦小的手动了一下。

"把它给我,"他小声说,"我想闻闻它。"

他的姐姐把玫瑰花放在他的手里,又帮忙他把手举到他的脸上。他吸进花的清香,快乐地微笑着,喃喃说:

"呀,多么好!"

随后他的小脸就变成严肃的,不动的了,他永远沉默了。

这朵玫瑰花虽然在凋谢之前就给人剪去了,可是它却觉得这并不是没有用处。人们把它放在小棺材上单独的一个玻璃杯里,小棺材上面堆满了花圈和鲜花,然而,老实说并没有一个人注意它们。不过那个少女把玫瑰花放在桌子上去的时候,她把它举到她的嘴唇边,吻了吻它。一滴眼泪从她的脸颊落到花上面了,这便是玫瑰花的一生中最好的一件意外事。等到玫瑰花开始萎谢的时候,人就把它夹在一本古老的厚书里面压紧它,过了许多年又把它给了我。所以我知道它的全部历史。

# 阿塔勒亚·卜林塞卜斯

(Attalea Princeps)*

* Attalea Princeps：一种棕榈的拉丁文学名。

某一个大城里面有一所植物园，植物园里有一间用铁和玻璃盖成的温室。这是一所很漂亮的建筑物；整个房屋支在齐整、匀称的螺旋形圆柱上面；在这些圆柱上还装得有带花的拱门，蛛网似的铁架子密密地装在拱门上，架子中间就镶着玻璃。每逢太阳落下去并且用它的红光照亮这温室的时候，温室就显得特别好看。那时候整个温室完全亮起来了。红色光线在闪动着，并且充满着整个屋子，就像是在一块大的、细心琢磨出来的宝石上面一样。

穿过那些厚而透明的玻璃，可以看见关在那里面的各种植物。不管温室有多么大，它们还是觉得窄狭。它们的根交错地长在一块儿，互相抢夺水份和养料。

树的枝子跟棕榈的肥大叶子搅在一起，妨碍了棕榈叶的生长，并且损害、毁坏了它们，而树枝本身又被挤得紧紧地贴在铁架子上，折断了，毁坏了。园丁们时常来剪掉一些树枝，又用铁丝缚住棕榈叶，免得它们随意地生长，可是这并没有用。植物需要着宽大的空地、本土和自由。它们是热带地方的植物，是娇嫩的、华丽的生物；它们还记得它们自己的故乡，它们想念着它。玻璃的屋顶不论是怎样地透明，它总不是清朗的天空。有时候在冬天玻璃上结了霜，那时温室里就完全阴暗了。风吼起来，撞摇着铁架子，弄得它们直打颤。屋顶让积雪盖满了。植物立在里面，听着风声，它们记起了另一种风，那是暖和的、潮湿的、给它们带来生命和健康的风。它们很希望再一次感觉到那种风吹来，它们很希望它来摇它们的枝子，玩它们的绿叶。然而温室里的空气却总是静止不动的；只除了在冬天的风雪打破了屋顶玻璃的时候，那时就有一股锋利的寒流，一根真正的冰柱，飞奔到温室里来。这寒流挨到什么的地方，那里的树叶就开始褪色、缩拢、枯萎了。

不过新的玻璃立刻就装上了。植物园的主任是一个很有学问的人,虽然他自己的大部分的时间都是在大温室内的那间特别的玻璃小哨亭里面度过的,而且完全花在一架显微镜上面,可是他绝不容许园里有任何混乱与不整齐的状态存在。

在那些植物中间有一棵棕榈树,它比所有其他的植物更高,而且也比它们更美。坐在哨亭里面的主任叫着它的拉丁名字 Attalea(阿塔勒亚)。然而这并不是它的本名:这是那些植物学者想出来的。它的本名,植物学者们并不知道,棕榈树干上挂的那块白木板上面的黑色名字并不是它的本名。有一回一位从那个生长棕榈树的热带国家里出来的人来参观植物园;他看见这棵棕榈树,不禁微笑了,因为它教他想起了他的故乡。

"啊!"他说,"我认得这棵树。"他叫出了它的本来名字。

"对不起,"主任正在小心翼翼地用剃刀切一根小小的梗子，这时就在他的哨亭里面，大声嚷起来。"您弄错了。这儿并没有像您讲的那种树木。这是 Attalea Princeps（阿塔勒亚·卜林塞卜斯），生长在巴西的植物。"

"啊，是的，"巴西人说道，"我完全相信您的话，植物学者叫它做'阿塔勒亚'，不过它有一个本来的真名。"

"真名就是科学给它起的名字，"植物学者板起脸孔说，他便关上他的小哨亭的门，免让教那些连科学家讲什么话人们就得静静听着的这种道理都不懂的人来打扰他。

可是巴西人却在这儿站了许久，一直望着那棵棕榈树，愁思越来越多。他记忆起他的故乡，故乡的太阳、故乡的天，故乡的茂密的树林和林子里各种奇异的鸟、兽，故乡的旷野、故乡的奇妙的南方的夜晚。他用手挨了一下棕榈树，好像在跟它告别似的，以后就走出园去，第二天他就坐船回家了。

可是棕榈树还留在这儿。虽然它在这件事情发生以前就已经很苦闷，但现在它却更苦闷了。它完全是孤独的。它比所有其他的植物都要高五沙绳，其他的那些植物全不喜欢它，它们全妒嫉它，它们认为它很骄傲。这生长给它带来的就只有痛苦；除去别的植物全在一块儿只有它一棵树是孤独的这个事实之外，它还比它们大家更深切地记忆着它那故乡的天空，它还比它们大家更痛切地怀念着故乡的天空，因为它比大家离那个代替着它们的天空的东西——就是那讨厌的玻璃屋顶——更近。透过那玻璃屋顶它有时候也看见一点蓝色东西；这就是天空，虽说是异乡的陌生的、带白色的天空，然而它究竟是真正的蓝天。每逢别的植物们闲谈的时候，阿塔勒亚总是静默无声，闷闷不乐，它只顾在想：连在这个可怜的天空下站一站，也是多么地好啊。

"请您告诉我，他们就要来给我们浇水吗？"那个平日非常喜欢潮湿的西米椰子①问道。"我的确觉得我今天就要干枯了。"

---

① 西米椰子：东印度群岛产的棕榈科植物。

"亲爱的邻人,您的话教我吓一跳,"大肚皮的仙人掌说。"您真的说他们每天浇在您身上的那么多的水还不够吗?您看看我:他们给我的水很少,可是我始终是新鲜的,而且汁水很多。"

"太节省,我们也不习惯,"西米椰子答道。"我们不像某些仙人掌那样,我们不能够在那种干燥的、坏的土壤里生长。我们不习惯过这种日子。除了这一切,我还得对您说,并没有谁请您发表意见。"

西米椰子说完这番话之后就动了气,不做声了。

"至于我呢,"肉桂插进来说,"我倒差不多很满意我的地位。当然这儿很无聊,可是至少我相信没有谁来剥我的皮。"

"然而他们也不把我们全拿来剥皮,"杪椤说。"不用说,好多植物过惯了它们在外面的那种可怜的生活以后,甚至把这个监牢当成天堂呢。"

肉桂忘记了它自己常常让人剥皮的事,听见这番话,倒生了气,争吵起来。有些植物站在它这一边,有些植物站在杪椤那一边,开始了一场热闹的争论。

要是它们能够动的话，它们一定打起来了。

"你们在吵些什么？"阿塔勒亚说。"难道这个对你们有好处吗？你们拿怨恨和愤怒只能够增加你们的不幸。最好还是收起你们的争论好好地想一下罢。大家听我说：教自己长得更高、更大，把枝子往四面伸出去，用力朝铁架子、朝玻璃挤过去；我们的温室就会给弄得粉碎，我们就得到自由了。假使只有一根枝子碰到了玻璃，不用说他们就会来砍掉它，然而要是有一百根勇敢的、结实的树干伸到那儿，他们又拿这些树干怎么办呢？我们只需要更友好地在一块儿干，胜利就是我们的了。"

起初谁都不答复棕榈树：大家全不做声，它们不知道要说什么才好。后来西米椰子下了决心开口了。

"糊涂透顶！"它发言道。

"糊涂！糊涂！"别的树木附和道，它们一齐向阿塔勒亚证明，它的建议是非常荒唐的。"不能实现的梦想！"它们叫道。"荒唐！可笑！架子牢得很，我们绝弄断不了它们，即或我们弄断了它们，那么又怎样呢？人们会带了刀和斧子来砍掉树枝，修好架子，一切都会照从前的老样子过下去。只有一件事不同，那就是：我们的枝子全给人砍光了。"

"好，随你们便罢，"阿塔勒亚回答道。"现在我知道应该怎样做了，我不来打扰你们：随你们怎样生活去，互相抱怨也好，为着一点点水争来辩去也好，永远留在玻璃盖下面也好。我要单独给我自己找一条路。我想不经过这些铁格子同玻璃，直接地看到天，看到太阳——我会看到的！"

棕榈树骄傲地用它的绿色树顶望着它下面那一片成林的同伴们。它们中间没有一个敢跟它讲什么话；只有西米椰子悄悄地跟它的近邻，蝉，说：

"哼，我们瞧着罢，我们瞧着罢，看人家砍掉你的大脑袋，免得你以后这么装模作样，你这骄傲小姐！"

其余的植物虽然默不做声，可是它们都为阿塔勒亚的那番骄傲的话在生它的气。只有一棵小草并不跟棕榈树生气，棕榈树的话倒没有得罪它。这是温室里所有的植物中间最可怜的、最受轻视的小草：萎琐、苍白、爬行，长得有较厚的、缺乏生意的叶子。它身上没有一点儿引人注目的特殊地方，他们把它栽在温室里，也不过用它来掩盖光光的空地。它让自己做了这棵大棕榈树的脚凳，它听着阿塔勒亚讲话，觉得阿塔勒亚有理。它并不知道南方的大自然的情形，可是它也喜爱空气，喜爱自由。对于它温室也是一个监牢。"既然我这一棵卑微的、缺乏生意的小草失掉我那浅灰色的天空，失掉无光的太阳和冷雨，都会痛苦难熬，那么这棵漂亮而强大的树木失掉了自由以后，它应当有什么样的感觉呢？"它这样想着，就亲密地缠在棕榈树身上，一面爱抚着它。"我为什么不是一棵大树呢？我倒愿意听从它的劝告。我们就会一块儿生长，一块儿长到自由的空中去。那时候其余的同伴都会看出来阿塔勒亚是对的了。"

然而它不是一棵大树，却是一棵缺乏生意的小草。它只能够更亲密地缠在阿塔勒亚的树干上，悄悄地对它讲些情话，祝它的努力得到成功。

"不用说，我们这儿并不像在你们国里那样热，天也不像那样清明，雨也不像那样多，然而我们也有天空，也有太阳，也有风。我们没有像您跟您的同伴那样漂亮的植物，你们有那么大的叶子，那么好看的花，可是我们也有很好的树木：松、杉同赤杨。我不过是一棵小草，我永远得不到自由，然而您却是这么伟大，这么强壮，您的树干很结实，您要长到玻璃屋顶那儿，并不需要多少时间。您会打破玻璃屋顶，冲到上帝的世界里去。那时候您要告诉我，那儿是不是还是像从前那样美好。这样我就很满意了。"

"啊，小草，为什么你不想跟我一块儿冲出去呢？我的树干结实、强壮；你就靠着我的树干，爬到我这儿来。把你带出去，这在我并不算一回事。"

"不，我去哪儿呢！您瞧我，我多弱，多可怜，我要爬到您的一根枝子那儿也办不到。不，我不配做您的同伴。您生长罢，我祝您幸福。我只求您，在您走到自由天地中的时候，您有时候也要想到您的这个小朋友啊。"

棕榈树便放胆生长起来。从前参观过温室的人看见棕榈树现在长得这么大，都吃了一惊，然而它还是每月每月地长高。植物园的主任认为棕榈树长得这么快全是人们照料周到的功劳，因此他便自负他管理温室、处理事务的能力是如何地高明。

"是啊，先生，您瞧阿塔勒亚·卜林塞卜斯，"他说道。"像这样高大的标本就是在巴西也难得见到的。我们把我们的学识全用了出来，要使植物们在温室里就像在露天野外一样尽量自由地生长繁茂，而且据我看来，我们已经得到了相当的成功。"

他说到这儿就带着满意的样子用他的手杖敲打那结实的树干，打击的声音响彻了整个温室。棕榈树的叶子，因了这些打击颤抖着。啊，要是棕榈树能够呻吟的话，那么主任就会听到怎样的愤怒的叫号了。

"他以为我生长是为了使他高兴，"阿塔勒亚想道。"就让他这样想罢！"

它一直在生长，尽量消耗它的树液来使自己长高。这样就把它的根和叶的汁水夺去了。有时候它觉得它跟顶盖的距离好像并没有在缩短。这时它便使出了它的全力。铁架子离它越来越近了,后来一片嫩叶挨到了冰冷的玻璃和铁。

"快瞧,快瞧,"植物们说,"瞧它爬到哪儿去!它真的决定要这样干吗?"

"它长得多可怕!"杪椤说。

"它长得有什么奇怪!这又有什么稀奇!要是它能够长得像我这样肥多好,"一只身子像桶一样的肥蝉说。"单是往上长有什么好处?还不是一样地没有结果。铁架子结实,玻璃也厚。"

一个月又过去了。阿塔勒亚还一直在往上长。最后它紧紧地顶住了铁架子。再没有地方容它继续长下去了。树干便向下弯起来。它的多叶的树顶也深深地弯下,铁架子的冰冷的细棍子戳进了柔嫩的新叶,把它们截开、弄破了,然而棕榈树却是很固执的,它并不爱惜它的叶子,它不顾一切,还是继续不停地去挤那铁架子,铁架子虽然是用坚硬的铁铸成的,但它们也已经在退让了。

小草注视着这场斗争,它激动得快要晕过去了。

"您告诉我罢,您真的就不感到痛吗?既然铁架子是那样地牢,那么就放手不更好吗?"它向棕榈树问道。

"痛?在我一心要争取自由的时候,痛算得什么呢?你自己不是鼓励过我的吗?"棕榈树答道。

"是的,我鼓励过,可是我并不知道会是这样地困难。我替您难过。您受了这么多的苦。"

"闭嘴,软弱的植物!不要可怜我!我得不到自由就宁愿死去!"

就在这个时候起了一个大的爆裂声。一根粗的铁条断了。玻璃碎片带着铃响般的声音往四处散落。一块碎片打在主任的帽子上,他那时正从温室里出去。

"这是什么?"主任看见玻璃碎片在空中飞过,不觉大吃一惊颤抖地嚷起来。他跑出了温室,望望屋顶。棕榈树的伸直了的绿色树冠骄傲地高耸在玻璃拱顶上面。

"就只是这个吗?"棕榈树想道。"我受了这么久的罪,吃了这么久的苦,就只为了这个吗?难道我的最高的目标就在于达到这个吗？"

阿塔勒亚把它的树顶从打开了的洞孔伸出去的时候，是在晚秋。天下着掺和着雪的小雨；风把片片的灰云赶得很低。棕榈树觉得这些云片好像要来捉它似的。树木已经光秃了，就像是一些不像样的难看的死尸。只有松树和杉树还带着它们的深绿色的针叶立在那儿。这些树不高兴地望着它。"你要冻坏的，"它们好像在对它说。"你还不知道寒冷是怎么一回事。你一定受不住。你为什么跑出了你的暖房来呢？"

阿塔勒亚明白对于它现在什么都完了。它冻得麻木了。再回到屋顶下面去吗？可是它已经不能够回去了。它只好站在寒风里，受风吹雪打，它只好望着这个不干净的天空。望着这个赤贫的大自然，望着植物园的这个龌龊的后院，望着这个从雾中隐约现出来的寂寞乏味的大城，并且等待着下面暖房里的人来决定怎样处置它。

主任吩咐锯掉棕榈树。"我们固然可以在它上面造一个特别的顶盖，"他说，"不过这不见得能用多久罢？它又会长起来，把什么都弄坏的。而且这花钱太多。把它锯掉罢。"

人们先用绳子拴住棕榈树，免得它倒下来时撞坏温室的墙壁，他们从低处，就在树根那儿锯起来。缠在树干上生长的小草不愿意跟它的朋友分离，它也给人锯掉了。棕榈让人拖出温室去的时候，它的那些给锯子弄坏了的断梗、碎叶纷纷落在那段剩下来的树桩上面。

"把这没用的东西挖起来，拿出去扔掉，"主任说。"它已经变黄了，锯子把它伤得厉害。另外在这儿栽点新的东西。"

有一个园丁拿起铁锹巧妙地一挖，就把那一簇小草全挖起来了。他把它放在篮子里面，拿出去，扔在后院里，恰恰扔在那棵死了的棕榈上面，棕榈躺在污泥里，已经有一半埋在雪底下了。

一八七九年

并没有的事

在一个美丽的六月的日子里——因为这一天的温度是摄氏寒暑表上的二十八度,所以说它是美丽的日子——在一个美丽的六月的日子里,到处都很热,可是花园里一个立着新近割下来的干草堆的小小空地上却比别处更热,因为这个地方让一个长得非常密的樱桃林把风完全给挡住了。差不多一切都睡着了,人们都吃饱了,现在躺下来从事午饭后的冥想去了;小鸟也不做声,连昆虫也怕热躲起来了。至于家畜呢,那是用不着说的:牲口们不论大小都躲在屋檐下面,狗伏在它在仓底下挖好的坑里,半闭着眼睛,一口一口地在喘气,把它那红舌头差不多露出了半阿尔新①来,

---

① 阿尔新(Arshin):旧俄的尺度单位,一阿尔新合〇・七七一米强。

有时候显然因为这种教人透不过气的炎热使它苦恼得没办法，它忍不住打起那么大的呵欠，甚至发出小声叫喊来了；一群猪，妈妈带着十三个孩子，一块儿跑到河边去，睡在肮脏油腻的黑水荡里，每一口猪只露出它那副正在喘气、吹鼻息的长着两个鼻孔的嘴脸、它那个长椭圆形的满是污泥的背，和那对下垂的大耳朵。只有母鸡不怕热，它们用脚爪抓厨房门对面的干土来消磨时间，其实它们知道得很清楚：在那儿连一小粒谷子也没有；有一只公鸡一定很不开心，因为它时时做出一副傻相，而且用力大叫："真是丑事！"

我们已经离开了这个比哪儿都热的小空地了，可是一群不睡觉的先生们还正坐在那儿。也并不是说所有这些先生们全坐着；例如那匹栗色老马冒着挨到车夫安东的鞭子的危险在抓干草堆，它是一匹马，所以简直没法坐；还有一条小虫，这是某种蝴蝶的幼虫，它也不是在坐，它不过把肚皮贴着地躺在那儿罢了；虽是这么说，但这儿也用不着咬文嚼字。总之，在一棵樱桃树底下正在举行一个小小的却又是很严肃的会，参加的一共有一只蜗牛，一只粪虫，一只蜥蜴，还有上面提到的那只幼虫；接着一只蚱蜢也跳过来了。栗色老马站在旁边，把它的一只里面长着深灰色耳毛的栗色马耳向着它们，听它们的发言；此外还有两只苍蝇坐在马的背上。

会开得有礼貌，可是争论得够热烈，本来，谁都不会同意别一个的意见，因为每一个都把它自己的意见和个性看得特别重要。

"照我看来，"粪虫说，"一个品行端正的动物第一就应当照顾它的子孙。生活就是为着后一代的劳动。谁自觉地履行着大自然交给它的义务，谁就算站得牢牢的，因为它知道干自己应当干的事，不论以后发生什么事情，它都没有责任。你们看看我，谁还比我更劳苦？谁又像我这样整天不休息地卷揉一个那么重的圆球呢？——这个球是我为了帮助那些未来的像我这样的新粪虫发育长大这个伟大目的，很巧妙地用粪做成的。而且我以为没有谁看见新的粪虫出世的时候能够像我这样良心平静、心地坦白地说：'不错，在这个世界上我能够做的和我应当做的事我已经做过了。'这就是我所谓的劳动!"

"得啦,老朋友,不要提你的劳动了!"一只蚂蚁接嘴说,在粪虫发表意见的时候,虽然天气很热,这只蚂蚁却正拖着一段很不错的干草梗子。它现在休息一忽儿,坐在四只后腿上,用两只前腿擦掉它那疲劳的脸上的汗水。"我自己在劳动,而且我就比你劳动更多!为着你自己,或者就照你说为着你的那些小粪虫劳动,还不是一样;大家并不全是像你那样幸运的……你就像我现在这样地给公库里拖木料试试看。我自己一点也不知道什么东西逼着我劳苦地做工,甚至在这样的大热天还用尽我的力气。没有谁会为了这个说声感谢。我们不幸的劳苦的蚂蚁,我们全在劳动,可是我们的生活有哪一点儿好呢?命运啊!……"

"拿你们两位对生活的看法来说,粪虫,您太枯燥乏味了,蚂蚁,您太悲观了,"蚱蜢插嘴说。"不,粪虫,我倒爱叫爱跳,这没有什么关系!良心并不折磨我。而且你并没有触及蜥蜴太太提出来的问题:她问的是：'世界是什么东西？'您却讲您自己的粪球；这甚至是不礼貌的举动。世界，照我看来，世界已经是一个很好的东西了，因为在这个世界上我们有嫩草，有太阳，还有微风。不错，它真大！您在这儿，在这些树木中间简直没法想出它有多大。我在田上的时候，我有时尽可能地往高处跳，我要您相信我的确达到了很高的高度了。我从那高处看来，我看见世界是没有尽头的。"

"真的，"栗色马带着沉思的样子证实道。"不过，你们连我一辈子看见过的百分之一也不会见到的。可惜你们不能够了解一个维尔斯特是什么意思。……离这里一个维尔斯特远便是那个叫做鲁帕列夫加的村庄：我每天带一个桶到那儿去装水来。可是在那儿从来没有人给我东西吃。往另一个方向去，那是叶非莫夫加和基司立亚科夫加；在基司立亚科夫加，有一个有钟楼的教堂。再远些便是司维亚多—特洛伊次科叶，然后是波果雅夫林斯克。在波果雅夫林斯克他们总是给我干草吃，不过那是很坏的干草。然而在尼可拉也弗，——那是个了不起的城市，离这儿有二十八个维尔斯特——干草却好多了，他们还给我燕麦吃；只是我并不高兴到那儿去，因为总是主人骑着我们去的，他命令车夫赶快走，车夫就拿马鞭子痛打我们。……然后还有亚历山德洛夫加，别罗撒尔加，赫尔森——赫尔森也是一个城市。只是你们怎么懂得这一切呢！……这就是世界；我们承认，这并不是全部，不过这是相当大的一部分啊。"

栗色马不作声了，可是它的下嘴唇还在颤动，好像在小声讲话似的。这是因为它上了年纪的缘故：它已经十七岁了，拿马来说，马到了十七岁，就跟人到了七十七岁一样。

"我不懂您的贤明的马言马语，而且我说老实话，我也不想勉强去了解它们，"蜗牛说。"只要有牛蒡，我就满足了。我已经在这棵牛蒡上面爬了四天，可是还没有爬到它的尽头。即使爬完了这棵牛蒡，仍然有别的牛蒡在，而且我相信别的牛蒡上面也有蜗牛在坐着。你什么都有了。你用不着跳来跳去——那完全是荒唐、空话;安心地坐着慢慢吃那片你坐在那上面的树叶。要不是我爬得懒一点,我早就走得离你们远远的,听不到你们的争论了,你们的争论教我头痛,我的话完了。"

"不,请让我说,那么为什么呢?"蚱蜢插嘴说。"叫两声是非常愉快的事,特别是谈到像无穷这一类的好事情的时候。当然,也有一些天性讲究实际的生物,它们一天只想喂饱肚皮,就像您,就像这位漂亮的蝴蝶幼虫那样。"

"啊不,不要打扰我;我求你们,不要打扰我,不要麻烦我,"蝴蝶幼虫不满意地嚷起来。"我这样做是为了未来的生活,只是为了未来的生活。"

"为了一种什么样的未来的生活呢?"栗色马问道。

"您还不知道我死后要变成长着彩色翅膀的蝴蝶吗?"

栗色马、蜥蜴和蜗牛不知道这个,可是昆虫们对这个却有一点概念。大家全静了一忽儿,因为关于未来的生活没有谁能够说一句中肯的话。

"我们对于坚定的信心得表示敬意,"蚱蜢最后喳喳道。"没有谁要发言吗?也许你们要讲罢?"它转身向着苍蝇。一个年纪较大的苍蝇答道:

"我们不能说我们的境遇不好。我们刚刚从屋子里出来;太太正在把新鲜的果酱盛在盆子里头,我们就钉在盖子下面饱餐一顿。我们很满意。固然我们的妈妈给粘在果酱上面了,可是我们又有什么办法呢?它在这世界上已经活得够了。可是我们很满意。"

"各位先生,"蜥蜴说,"我以为你们都完全有理!不过在另一方面……"

可是蜥蜴并没有说出在另一方面有些什么,因为它觉得有什么东西沉重地把它的尾巴压进地里去了。

原来车夫安东睡了一觉刚刚醒来,走过来牵走栗色老马;他无意地把他的大靴子踏在会场上,把会场里的生物全踏碎了。只有苍蝇飞走了,它们飞去舐它们那个粘在果酱上面死掉的妈妈,蜥蜴也逃掉了,不过却失去了一截尾巴。安东抓住栗色马的额毛,带它出花园，把水桶缚在它身上，赶它去取水，并且不停地说："喂，走，你这个毛尾巴！"栗色马只是用人听不见的叽咕来回答。

可是蜥蜴就没有尾巴了。固然过了不多几时尾巴又生了出来，但是这尾巴总是有点粗而短，而且颜色带黑。每逢谁问到蜥蜴，它怎样伤了它的尾巴，它就谦虚地答道：

"因为我下了决心说出自己的信仰，所以他们弄断了我的尾巴。"

它讲得很对。

一八八二年

旅行的蛙

从前在这个世界上有过一只蛙。它总是坐在一块沼地上,捉蚊子、吃飞虫。到了春天它就爱跟朋友们一块儿阁阁地大声叫个不停。要不是发生了一件事情,它就会快乐地活过它这一辈子——自然,还得加上一句,倘使后来没有一只鹳鸟吃掉了它的话。

有一天它坐在一根伸出水面的弯曲的树枝上面,痛快地淋着一阵暖和的毛毛雨。

"啊呀,今天这个潮湿天气多美!"它想道。"活着多快活!"

毛毛雨弄潮了它那有条纹的光亮的背,雨点一滴一滴地流到它的脚爪后面肚皮底下来,这是一件异常痛快的事——的确太痛快了,它几乎因此阁阁地叫了起来。不过幸而它记得现在已经是秋天了。蛙不在秋天里阁阁地叫——春天才是该蛙叫的时候——倘使它在秋天叫了,它就会失掉它的"蛙的"尊严。所以他不响了,它仍旧安闲地休息着。

空中忽然响起了一阵断续的、清朗的吹哨声。

这是鸭子里面的一种①,这种鸭子在飞的时候要用它的在空中展动的翅膀做出唱歌的(或者更可以说是吹哨的)声音。每逢一群这样的鸭子高高地飞过我们头上的时候,我们虽然看不见它们(因为它们飞得太高了),却听见"夫悠,夫悠,夫悠,夫悠!"的声音在空中响着。在这种时候,鸭子们画过了一个大的半圆,然后朝地面扑下来,它们就停留在蛙住的这块沼地上面。

"嘎嘎!"其中一只鸭子说。"我们还有长的路程要飞呢;我们得找点东西吃。"

蛙立刻躲藏起来,它虽然知道自己是一只又大又肥的蛙,鸭子们不会吃掉它,它还是钻进水里去,躲

---

① 这应该是野鸭吧。

在一根大木头底下，预防着意外的灾难。不过它在水里好好地想了一番，打定主意把它的头跟那对突出的眼睛伸出水面来。它很想知道鸭子们现在飞到什么地方去。

"嘎，嘎！"另一只鸭子说。"现在已经很冷了。我们还是尽快地到南方去吧。"

所有的鸭子一齐嘎嘎地大声叫起来，表示赞成。

"诸位鸭太太，"蛙鼓起了勇气说，"你们要飞去的'南方'是什么啊？请原谅我打扰了你们。"

鸭子把蛙团团地围住。起先它们很有意吃掉它，可是经过了一番考虑之后，大家都得到这样一个结论：它太大了，没法吞下它。它们一齐嘎嘎地叫起来，一面又在拍翅膀。

"南方非常好！那儿现在很暖和！那儿有很好的暖和的沼地！多好的小虫！南方非常好！"

它们嘎嘎地大声说着，几乎把蛙吵得耳聋了。它好不容易地劝它们安静下来，它恳求一只鸭子，一只在它看来是最肥、最聪明的鸭子，跟它解释"南方"

是一个什么地方。那只鸭子把南方的一切情形全告诉了它，它欢喜、兴奋得不得了，不过它究竟是一只小心谨慎的蛙，它听完了鸭子的详细说明之后，它又问了一句：

"那儿有飞虫，有蚊子吗？"

"啊，我正要告诉你这个——它们多得很！"鸭子回答道。

"阁阁！"蛙叫道，它马上掉头往四面看了看，看有没有朋友在近旁会听到它的叫声，会责备它在秋天里阁阁地叫。它实在没法制止自己连一声轻轻的阁阁声也不发出来。"你们把我带去罢！"

"您吓我一跳！"鸭子大声说。"我们怎么能够带您去呢？您又没有翅膀！"

"你们什么时候起飞？"蛙问道。

"马上，马上！"所有的鸭子一齐叫起来。"嘎，嘎，嘎！这儿冷！到南方去！到南方去！"

"请你们给我五分钟的时间让我考虑，"蛙说道。"我立刻就回来。我相信会想出一个好办法。"

它从它先前又爬上来的那根树枝上跳下水去，钻进污泥里，把自己完全埋在污泥里面，免得外边的事情来搅乱它的思想。五分钟过去了，鸭子们集合在一块儿，正预备起飞，这时候就在蛙先前坐过的那根树枝的旁边突然从水里露出了蛙的嘴来，而且嘴上带着一种只有蛙嘴上才能够有的快乐的表情。

"我想出它来了；我找到一个办法了！"它说。"在你们中间随便找哪两位把一根树枝衔在嘴里，每一位衔着树枝的一头，我就吊在树枝上中间的一段。你们就朝前飞，我也就在旅行。只是不管发生什么事情，你们绝不可以嘎嘎地叫，我也不可以阁阁地嚷——那么事情就万无一失了。"

带着一只蛙飞三千维尔斯特。而且沿途一直不能开口——虽然老老实实地说这绝不是一件开玩笑的事，可是这个计划的巧妙使得鸭子们欢喜得要发狂了，它们居然一致地决定下来：抬着蛙一块儿飞走。它们商量好每两个钟头换一次班，而且因为鸭子的数目非常多，蛙却只有一只，所以每一只鸭子抬着蛙飞的次数很少。它们找到一根很结实的树枝,两只鸭子把树枝的两头衔在嘴里,蛙也用它的嘴紧紧地咬住中间的一段,这一群鸭子一齐升到空中去了。它们飞得那么高,把蛙吓得没有办法。而且鸭子飞得并不平稳,弄得树枝不停地跳动。这只可怜的蛙就像一个玩具的纸人一样在空中摇来摆去,它用尽力气拿牙床咬紧树枝,免得给扔下来,摔在地上。不过它不久就习惯了它的处境,它居然还用眼睛看它的四周。在它的下面,田亩、草地、河、山接连着很快地过去了,可是它很难看到这些,因为它吊在树枝上,却只能够看见前后的天空;然而它也设法看见了一点东西,因此它很高兴,并且很骄傲。

"我这个主意想得多好!"它心里想道。

头一对鸭子抬着它在飞,所有其余的鸭子都跟在后面飞着,它们一边飞一边大声唤它,恭维它。

"我们这个蛙有一个惊人的聪明脑袋,"它们说。"就是在我们鸭子里头恐怕也难找到像这样的东西。"

蛙差一点儿没法制止自己不感谢它们了,不过它记起要是它把嘴张开,它就会从高得可怕的高空摔下来,因此它便把它的牙床闭得更紧些,它下了决心要抗拒这个引诱。它就照这个样子地摇摆了一个整天。抬着它飞的鸭子们巧妙地衔住树枝,就在飞着的时候换班。这是最可怕的。有几次蛙差一点儿吓得要阁阁地叫起来,可是这个时候需要着很大的镇静,这个,蛙倒并不缺少。傍晚全体安歇在一个沼地上面。天刚亮,鸭子们又带着蛙继续往前飞走了,可是这一次它们的客人为了要看清楚沿途的情形,它把背和头朝前,仍旧用牙床咬住树枝。鸭子们飞过一些已经收割了的田地和叶子变黄了的树木,飞过堆满了麦秸的村庄。它们听见人们的讲话声和打谷机打稞麦的响声。村里人抬起头在望鸭子,他们看出鸭子中间有个奇怪的东西,便伸手指着它。蛙只想朝下飞低一点,好让人们看到它,同时也好听见人们怎样在谈论它。在第二天停下来以后它就对它们说:

"我们是不是可以不要飞得那么高?太高了使我头晕,而且我害怕要是我突然觉得不舒服,我就会摔下来。"

那些好心的鸭子答应它飞低一点,下一天它们就飞得很低,所以连人们讲的什么话都听得见。

"看啊,看啊!"某一个村庄里的小孩们大声嚷着,"鸭子抬着一只蛙在飞!"

蛙听见了这句话,它的心跳得厉害。

"看啊,看啊!"别一个村庄里的成人们大声嚷着。"这是一桩很古怪的事!"

"它们知道不知道这个主意是我想出来的,不是鸭子想的?"它在心里这样想。

"看啊,看啊!"第三个村庄里的人们大声嚷着。"真是了不起的事!这样一个聪明的好办法究竟是哪个想出来的?"

"是我——我!"

蛙刚刚叫出这一声,它就摔下来,从空中一直摔到地上。

鸭子们嘎嘎地大叫,其中有一只鸭子在它们这个不幸的旅伴正往下摔的时候,还想去抓它,可是没有能把它抓住。蛙发狂地舞动所有它的四个脚爪，很快地就跌落在地上了，不过鸭子飞得很快，所以蛙并没有落在它在上空大嚷的那个地方，那是一条坚硬的大路，现在它却摔得更远，远得多，这倒是它的极大的幸运，因为它落在这村庄边上的一个泥塘里面。

它连忙从水里钻出来，用尽力气大声叫道：

"是我——是我想出来的！"

可是它旁边连一个生物也没有。当地的蛙们给那一下料想不到的扑通声和水花四溅吓坏了，全躲到水里去了。它们再从水里钻出来的时候，大家都惊愕地定睛望着这位新来的客人。

它跟它们讲它的了不起的故事，就是它怎样想了一辈子，到后来终于发明了一个靠鸭子旅行的不寻常的新方法。它又说，它还有它自己的专门抬它旅行的鸭子，它要到哪儿去，它们就抬它到哪儿去。它又说，它以前住在美丽的南方，那儿好得很，那儿有很好的暖和的沼地，又有那么多的飞虫，和其他的各种各类可以吃的昆虫。

"我到这儿来看你们怎样生活,"它说。"我要跟你们一块儿住到春天,住到我那些给我差遣走了的鸭子回来接我的时候。"

可是鸭子们始终没有回来。它们以为这只蛙已经摔得粉碎了,它们很替它伤心。

# 译后记

# 一 《红花》

以上的两篇小说是根据英国 R. Smith 的《信号集》（*The Signal and Other Stories*, 1912）的英译文，对照着一九五〇年苏联国家艺术文学出版局刊行的《红花》的原文译出的。《信号集》里面一共收了迦尔洵的十七篇小说（迦尔洵一生就只写过二十多个短篇），《红花》里则只有《红花》和《信号》两篇，封面上印着苏联艺术家 U. Rostontsev 的木刻，现在重印在这本小书里面了。

迦尔洵的全名是 Vsevolod Michailovich Garshin，他是旧俄的一位青年作家。他生于一八五五年，只活了三十三岁。他在一八七四年进过矿山技师专科学校。

一八七六年俄土战争爆发,他在一个步兵联队里当一名普通兵,后来腿上带伤,便退伍回家。一八八七年狂病发作,他跳楼自杀,跌在石级上,受伤未死。不久他进医院治疗,一八八八年四月死在医院里面。

他的最著名的作品,除了《红花》和《信号集》外,还有一篇反战的小说《四日》,鲁迅先生早在几十年前就把它介绍过来了。

巴金<br>一九五〇年十月八日

## 二 《一件意外事》

以上的两个短篇是根据英国 Rowland Smith 的《信号集》(*The Signal and Other Stories*, 1912)的英译文转译的。

作者迦尔洵(V. M. Garshin, 1855—1888)的生平我已在《红花》的"后记"中简略地讲过了。昨天翻读波兰瓦里雪夫斯基的《俄国文学史》,看到一段关于迦尔洵的文字,现在把它摘译出来:

……他在爱斯拉战役里中了弹,带伤回家。后来在《四日》里面叙述了他的经历,这篇小说被人称赞为可以跟托尔斯泰的《塞瓦斯托颇的回忆》相比的名著。几个月以后发生了行刺罗利司——麦里可夫的事件，迦尔洵的一个朋友被牵连在里面，判了死刑。在行刑的前夜迦尔洵想尽了方法营救他的朋友，可是他没有成功。这以后不久他就发了狂给送进疯人院去了。后来他病愈出院。跟一个年轻小姐结了婚，那是一个女医生，她小心照料他，竭力阻止他的狂病的再发。可是不久《红花》发表，它的读者们就不得不断定这位年轻的作者仍然摆脱不掉疯人院中生活的回忆。这篇小说描写一个多少知道一点自己的身份的狂人，他用尽力气作了超人的努力去拿一朵罂粟花，他以为这朵花是用人类牺牲的赤血染红了的。他想，要是这朵花被毁掉了，人类也就会得救了。几年以后迦尔洵从楼梯上跳下，终于因此死去。（一九〇〇年伦敦版）

**英国利却德·赫尔在他的《俄国文学史》中也说：**

……《红花》是迦尔洵的一篇最有力也最悲惨的小说。狂人想象着毒害全世界的恶都集中在这几朵在病院天井里生长的罂粟花里面，要是他牺牲自己的性命去把这几朵花毁掉，他就可以拯救世界了。……迦尔洵本人有时也发生过像他在《红花》中所描写的精神错乱的状态，他相信自己真的发见了治疗人间疾苦的万应药，他终于自杀了。（一九四七年伦敦版）

**苏联达玛尔秦科在《论迦尔洵的创作》中说：**

……在小说（红花）中，被称为"世界的恶"（作"资本主义"解释）的那种可怕的苦难，以及明白跟它斗争难有结果的自觉被作者用了大的艺术的力量和光彩表现了出来。因此无怪乎迦尔洵在他的创作的这一个时期中只知道一种满足——自我牺牲和死的满足了。……（一九三一年莫斯科国家艺术文学出版局版《迦尔洵选集》）

《红花》出版后，有个朋友向我提意见说，《红花》需要一点说明的文字，所以我在这里抄译了如上的几段文章。至于收在这个小集子里面的两篇小说，它们都是写实的作品，用不着加上多余的解说了。

巴金

一九五一年三月

## 三 《癞虾蟆和玫瑰花》

他（伏谢渥罗德·米海罗维奇·迦尔洵）的父亲是胸甲骑兵队的一位军官，他的外祖父是一个海军军官。在他五岁的时候，他的母亲跟一个革命者（就是他两个哥哥的教师）一块儿离家出走，并且带走了他的两个哥哥；等他到了九岁时，她把他也从他父亲那儿带走了。伏谢渥罗德后来长成了一个反对残暴的专制政治的斗士。……

据说迦尔洵的启蒙读本便是某一些秘密出版的期刊；他八岁的时候就读了《何为》①。在他幼年对他有

---

① 《何为》：即小说《怎么办》，俄国车尔尼雪夫斯基著，蒋路译，一九五三年九月人民文学出版社出版。

影响的其他的书是《汤姆叔叔的小屋》①和《巴黎圣母院》②。社会问题并不是他的唯一的兴趣；就是在他做孩子的时候他已经很喜欢博物学了，再后他又研究生理学与精神病学。

迦尔洵有一个时期很让当时的斯拉夫派的宣传迷住了（那种宣传除了获取东方市场外再没有更高的目的），所以他在一八七八年就去报名，想参加塞尔维亚的军队；在一八七七年他在俄国步兵中当了一名普通兵，并且参加了俄土战争（1877—1878），俄国方面从这个得到的唯一的好处就是《四日》，这篇小说奠定了迦尔洵的文学声望的基石。他还写了别的几个短篇，说明那种战争的无意义以及帝俄军队生活的不合理，这些短篇在当时流传很广，并且得到读者群的赞美。

迦尔洵一家中有精神病的遗传；他那两个哥哥都自杀了，一个死在伏谢渥罗德自杀前，一个死在他的自杀以后。伏谢渥罗德虽然是一个性情快活、身

---

① 《汤姆叔叔的小屋》：美国司妥夫人（H. E. Stowe，1811—1896）著小说，我国旧译名为《黑奴吁天录》。
② 《巴黎圣母院》：法国雨果（V. Hugo，1802—1885）著小说。

体强壮的青年，可是他在十七岁就发过一次精神病；一八八〇年迦尔洵在深夜到一个贵族出身的酷吏①那儿去，跪在地上哭着哀求酷吏赦免那个图谋行刺酷吏未成事实的凶手②，他个人的这番哀求并没有成功，这以后他就发了厉害的精神错乱症，过了几个月还没有完全复元，后来他住过了两个精神病院，他的病才痊愈了。在这个时期他到过亚斯那雅·波良那去拜见了托尔斯泰。……

作为诗人、短篇小说家、社会心理小说的创始者（这种小说后来让契诃夫发展到异常完善的地步）、寓言作家、艺术批评家、翻译家，迦尔洵在俄国文学中留下他的影响，而且在那里占了高的地位。在不到十年的创作生活中间，他一直充满着利他心和热烈的仁爱在工作……

以上五段是从盖尔奈（B. G. Guerney）的一篇关于迦尔洵的短文中摘译出来的。既说是"摘译"，便不是

---

① 指罗利司 – 麦里可夫伯爵（M. Loris-Melihov，1825—1888），一八八〇至一八八一年间俄国的内务大臣。
② 这是迦尔洵的朋友。

按照原文文法结构的逐字翻译。我不过在这儿引用几段旁人的话简单地说明迦尔洵的短短的一生的故事。对于这本小书的读者，它们或许会有一点帮助。

盖尔奈提到的迦尔洵拜见托尔斯泰的事，在西蒙斯（E. J. Simmons）的《托尔斯泰传》中有着比较详细的叙述，我现在把它摘译在下面：

年轻的迦尔洵当时已经接近精神错乱的状态了，他在一八八〇年一个初春的早晨来到了亚斯那雅·波良那。他不经通报就在门口出现，托尔斯泰问他要什么，他却回答道：'我要的头一样东西就是一杯伏特加和一条青鱼尾巴。'他那使得托尔斯泰喜欢的豪放、快乐的表情和孩子气的笑容上面就现出一种疯狂的样子。酒和食物都拿来了，他不久便讲出他就是那篇轰动社会的短篇小说《四日》的作者，这小说托尔斯泰也读过，很赞美它。他接着就对托尔斯泰和孩子们讲起他在俄土战争中的经验来，他们全听得出神。接着他又一口气不停地讲起他那个实现普遍的万人幸福的计划，托尔斯泰对这个很感兴趣，迦尔洵的道德的感受性和他对战争恐怖的抨击一定感动了托尔斯泰。迦尔洵这个人有一种陀思妥也夫斯基式的无限的同情心和怜悯心，这在托尔斯泰身上很容易引起反应。几天以后有人看见这个半疯的作家骑在一匹马上，一边自言自语，一面乱舞着手。

迦尔洵是屠格涅夫的朋友。屠格涅夫的传记的作者曾经提到屠格涅夫劝托尔斯泰读迦尔洵的小说的事。西蒙斯也说过屠格涅夫责备托尔斯泰不该拿他的宗教的著作影响年轻的作家，说是迦尔洵已经成了托尔斯泰的追从者了。屠格涅夫在一八八三年逝世的时候，迦尔洵还写了《红花》纪念他。季莫菲叶夫说的"迦尔洵的《红花》中的罹了疯病，不过是高贵的疯病的主人公"，我想，在《红花》作者的心目中大概就是指屠格涅夫吧，季莫菲叶夫又说："优秀的俄罗斯作家[①]把关于人的自由、关于他同凶恶的压迫者的斗争的梦想放进了他们的浪漫主义色彩的形象。……迦尔洵的《红花》的主人

---

① 指十九世纪的一般作家，译文引自《苏联文学史》，叶水夫译，一九五〇年海燕书店出版。

公也是这样,他准备为了别人的幸福献出自己的生命。"

然而收在这个小集子里面的四个短篇却是迦尔洵的另一类的作品。前面的三篇跟《红花》一样是达玛尔秦科所说的"迦尔洵的创作的第二个时期的小说和故事"。达玛尔秦科说:

> 迦尔洵创作的第二个时期的作品的特征就是完全明白的、确定的对现实的态度。它们全充满着这样的意识,那就是:在人民的理想与资产阶级的现实中间存在着不能调和的矛盾的意识,自己的理想毫无力量的意识。

> 在迦尔洵创作的这种演进上反映出来了七十年代某一部分小资产阶级知识分子的社会意识的历史的发展……

在另一处达玛尔秦科又说:

> 英勇的棕榈树阿塔勒亚·卜林塞卜斯的不可避免的灭亡和故事《并没有的事》,里面的昆虫们在大靴子踏来时候的无力自卫,跟小说《夜》的主人公的自杀决心一样明白地说明了'哭的人'(迦尔洵在他的某一

篇小说下面署了这样一个笔名）的世界观的本质。[①]

中译者不想在这里添说什么了。

四篇故事（我想叫它们做"寓言小说"）中，第一篇和第四篇是根据英国 R. Smith 的《信号集》（*The Signal and Other Stories*，1912）的英译文转译的。第二篇和第三篇则是根据一九三一年莫斯科国家艺术文学出版局刊行的《迦尔洵选集》（只收了八个短篇）中的原文，对照着 R. Smith 的英文译文译出的。译完了重读一遍，觉得译笔实在拙劣，没有能保留下原著的风格，记得盖尔奈曾经慨叹迦尔洵的著作没有好的英文译本，他说几种英译全不好，他指的当然是风格，我担心我的译文比英译文还差。

巴金<br>一九五一年十一月

---

[①] 引自一九三一年莫斯科版《迦尔洵选集》中达玛尔秦科的《论迦尔洵的创作》一文。

附录

## 《巴金译文全集》第六卷代跋（节选）

前几年有人在一九二三年成都出版的《草堂》文艺月刊上发现我翻译的短篇小说。原来我在那时发表了一篇迦尔洵的小说。我在成都就只译过这一篇作品，是从英译本《俄罗斯短篇小说集》中译过来的，至于我在哪里找来这本书，连我自己也记不清楚。我只记得我表哥当时已经结婚移居乐山。这年我同三哥去上海，坐木船经过乐山。木船靠岸后，我们上岸去看望姑母和表哥。这是礼节性的拜望，我们离船的时间又不能长，姑母问了一些事，三哥答了一些话，就匆匆告辞走了。表哥讲话很少，显得消沉，我觉得他已经背上家庭的包袱了。

我说过,我常靠翻译来学习,我翻译迦尔洵的短篇小说《信号》(原译《旗号》),他在作品中表现的人道主义思想使我感动。

那个怀着满肚子怨气,抱怨"狼并不吃狼,可是人却活生生地吃掉了人"的查道工瓦西里,他受到上级不公正待遇后,带着工具去撬铁轨,被他的同事谢明发现了。这个好心的邻人跑到铁轨那里,从自己的帽子上撕下一块棉布做成一面小旗,又从靴筒里抽出刀来,戳进他的左臂,用他的鲜血染红了小旗,并高举红旗阻止火车的前进。当火车头已经看得见时,他眼前一片黑,红旗也被扔掉,可红旗没落地,另一个人的手抓住了它。火车停住了,人们从火车上跳下来,围成一大群。瓦西里埋下头,努力地说:"绑住我,我撬开了一节铁轨。"他的旁边躺着一个在血泊里失去知觉的人。《信号》就是这样一个故事。

这篇译文我没留底稿,后来重译了它,那是解放初期的事。当时师陀替上海出版公司编辑丛书,向我组稿。我译了几个短篇给他，一共出版了三小册，他很欣赏迦尔洵。八十年代我又把它们编成《红花集》，交给三联书店印行。师陀催稿的情景就在眼前。《红花集》出版，他已不在人世。师陀是一位有名的现实主义小说家，他讲究文体，一笔不苟，他本来应该写出更多的好作品，可是他没有机会发展他的才华。他受到不公平的待遇，小说《历史无情》被腰斩。十年大梦中，又倍受摧残，后来默默地死去，读者几乎忘记了他。最近听说有人要重印他的作品，希望这是事实。师陀的作品一定会流传下去。

图书在版编目（CIP）数据

红花集 /（俄罗斯）迦尔洵著；巴金译. -- 杭州：浙江文艺出版社，2019.1
ISBN 978-7-5339-5475-8

Ⅰ.①红… Ⅱ.①迦… ②巴… Ⅲ.①短篇小说—小说集—俄罗斯—近代 Ⅳ.①I512.44

中国版本图书馆 CIP 数据核字（2018）第 263567 号

统　　筹：曹元勇
特约策划：巴金故居　草鹭文化
责任编辑：周　语
特约编辑：李春月
封面设计：周伟伟
责任印制：吴春娟

## 红花集

［俄］迦尔洵　著
巴　金　译

出版：浙江文艺出版社
地址：杭州市体育场路 347 号　邮编：310006
网址：www.zjwycbs.cn
经销：浙江省新华书店集团有限公司
印刷：上海中华商务联合印刷有限公司
开本：787 毫米 × 1092 毫米　1/32
字数：84 千字
印张：6.625
插页：7
版次：2019 年 1 月第 1 版　2019 年 1 月第 1 次印刷
书号：ISBN 978-7-5339-5475-8
定价：38.00 元

版权所有　侵权必究

（如有印、装质量问题，请寄承印单位调换）